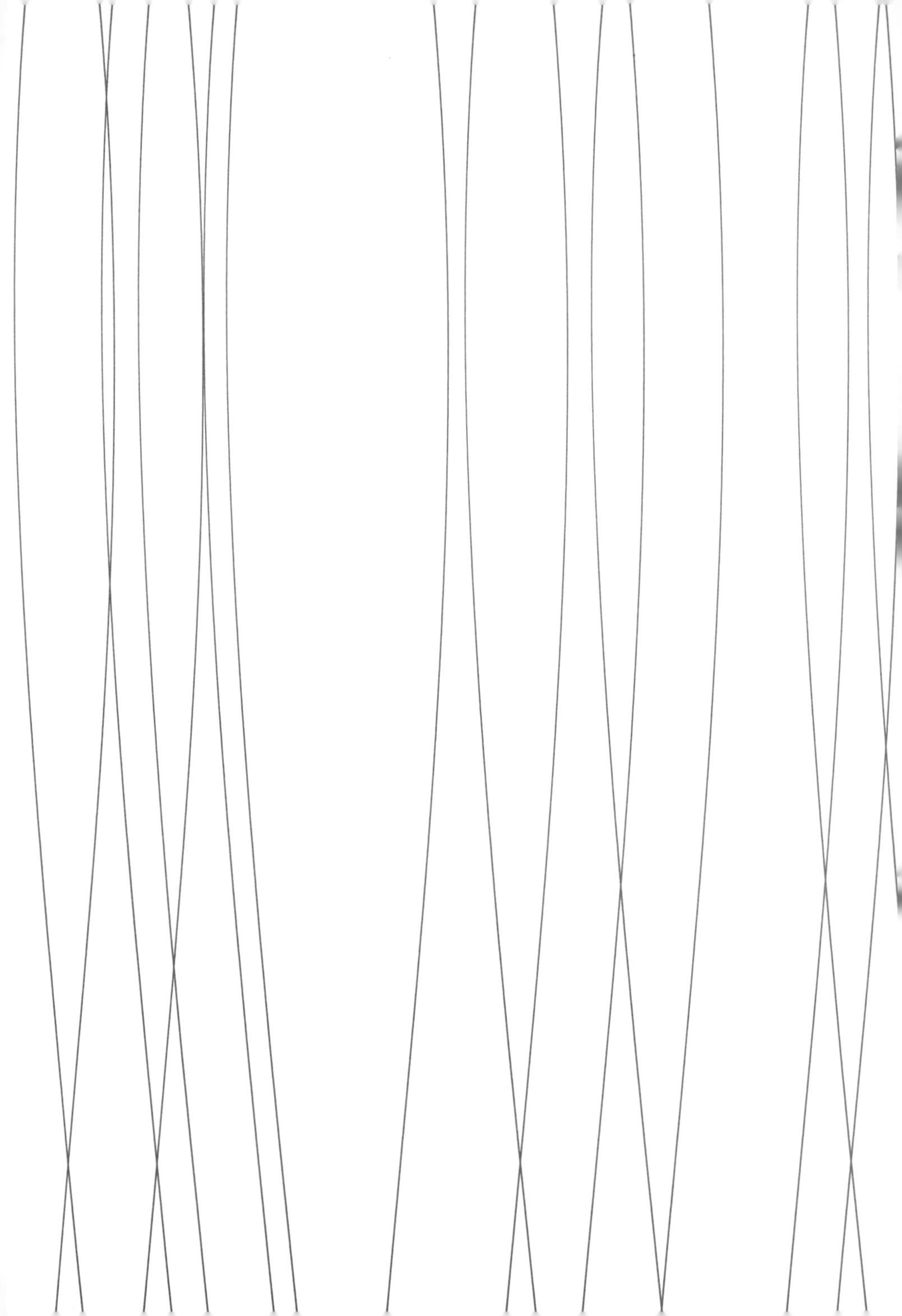

黃金之葉

行進於知識的密林裡，
途徑如此幽微。
我們尋覓一些參天古木，作爲指標，
我們也收集一些或隱或現的黃金之葉，引爲快樂。

黃金之葉
28

Net and Books 網路與書

愚神禮讚

In Praise of Folly

作者：伊拉斯姆斯（Desiderius Erasmus Roterodamus）
譯者：許崇信
責任編輯：沈子銓
封面設計：簡廷昇
內文排版：宸遠彩藝

出版者：英屬蓋曼群島商網路與書股份有限公司台灣分公司
發行：大塊文化出版股份有限公司
台北市 105022 南京東路四段 25 號 11 樓
www.locuspublishing.com
TEL：(02)8712-3898　FAX：(02)8712-3897
讀者服務專線：0800-006689
郵撥帳號：18955675　戶名：大塊文化出版股份有限公司
法律顧問：董安丹律師、顧慕堯律師

總經銷：大和書報圖書股份有限公司
地址：新北市 24890 新莊區五工五路 2 號
TEL：(02)8990-2588　FAX：(02)2290-1658

初版一刷：2023 年 12 月
定價：新台幣 300 元
ISBN：978-626-7063-51-4

愚神禮讚/伊拉斯姆斯(Desiderius Erasmus Roterodamus)著；許崇信譯. -- 初版. -- 臺北市：英屬蓋曼群島商網路與書股份有限公司臺灣分公司出版：大塊文化出版股份有限公司發行，2023.12
224 面；14.8 x 20 公分. -- (黃金之葉；28)
譯自：In praise of folly.
ISBN 978-626-7063-51-4(平裝)

881.66　　112017620

In Praise of Folly

MORIÆ ENCOMIUM

ID EST

STVLTITIAE LAVS

愚神禮讚

DESIDERIUS
ERASMUS
ROTERODAMUS

伊拉斯姆斯 著

許崇信 譯

目錄

07 導讀 在二十一世紀今天的臺灣，為什麼要禮讚愚神？／郝明義
15 《愚神禮讚》中譯本序
29 鹿特丹的伊拉斯姆斯致友人湯瑪斯．摩爾函
37 愚神禮讚

導讀

在二十一世紀今天的臺灣，為什麼要禮讚愚神？

郝明義

1.

讓我們先來看看這位愚神的出身和樣貌。

她是豐饒財富之神普路托斯和青春女神生下的女兒。普路托斯當時青春煥發，「而且剛剛在諸神的宴席上把一杯杯裝得滿滿的純淨美酒一飲而乾」。青春女神則是山林水澤中最可愛的寧芙仙女，也是最快樂的一位。

愚神出生於神佑群嶼，島上「無需播種，無需耕種」而萬物俱生。島上不知有辛苦、衰老和疾病。因為她出生之地如此美好，所以她「不是以啼哭來開始人生，而是迎著我母親甜蜜地微笑。」

有兩位給她哺乳的寧芙女神，一位是酒神巴克斯的女兒「陶醉」，另一個則是牧神潘的女兒「無知」。此外，愚神還有些其他的侍從：

「你們見到的那個豎起眉毛的人，當然就是『自負』。那個拍手歡笑的人叫做『諂媚』。那個睡意朦朧、似醒非醒的人叫『遺忘』，而這個雙手交叉、身體偏倚的是『懶散』。這個頭戴玫瑰花冠，身在花香中的是『享樂』。那個眼睛一直轉來轉去，無法平靜下來的叫『狂熱』，而這個身體豐滿，看上去吃得好、保養得好的叫做『放蕩』。在這些女子裡面你們還能見到兩個神，其中一個叫『歡宴』，另一個叫『沉睡』。」

愚神正是帶著這群侍從，一一述說她們到底帶給人生哪些快樂和幸福，是真正帶給人類幸運之神。

2.

《愚神禮讚》是伊拉斯姆斯（Desiderius Erasmus Roterodamus, 1466-1536）的作品。

那是文藝復興的時代，是古騰堡發明西方印刷術的時代，也是宗教改革的時代。而伊拉斯姆斯是鹿特丹人，和推動宗教改革的馬丁．路德（Martin Luther, 1483-1546），寫《烏托邦》（*Utopia*）的湯瑪士．摩爾（Thomas More, 1478-1535）是同時代人。

伊拉斯姆斯當過神父，是神學家，站在批評當時天主教廷腐化和墮落的對立面。他所翻譯的拉丁文版《新約聖經》經由新興的印刷術成為宗教改革的一大助力，只是他沒有加入馬丁．路德的新教陣營。

而究其原因，從《愚神禮讚》可以看出一些線索。

雖然這本書混合了認真、詼諧、反諷交織的文筆，然而伊拉斯姆斯的核心訊息是很清楚的：人生不必對所有事情都那麼非黑即白、正義凜然、清晰明確，因為在這些表面高尚的狀態底下，另有偽裝、愚蠢、殘忍的可能；而很多時候，表面的愚蠢、糊塗、鬆散底下，另有純真、人情練達、柔和的可能。

也因此，這本書的序，是寫給和他同樣雖然批判天主教廷，但並沒有加入馬丁．路德陣營的湯瑪斯．摩爾。並且，他以摩爾的姓「More」，和希臘詞

「Mōria」（愚蠢）的相似，而開了個玩笑開場。

3.

讀《愚神禮讚》可以讓人體會對玩笑的肯定：

玩笑可以開得恰到好處，使任何一個不全乏明察力的讀者，都能覺察出其中有某種使人受益良多的東西，這較諸我們所知的某些人發表用語晦澀、言之無當的高論，更能使人受益。

對「正經」這件事的另一種思考：

世間最膚淺的莫過於以淺薄的態度對待正經事；同樣的，世上最引人入勝的莫過於在對待瑣事時顯出所為之事絕非瑣碎。

對一些「炫技」的人的形容：

他們要是能夠像馬蛭那樣露出兩根舌頭，就把自己當成是世上之神；要是能把幾個無足輕重的希臘文小詞，像做鑲嵌工藝品那樣插到拉丁語演講詞裡面去，儘管用得不恰當，他們也會認為是光輝奪目的絕技。

對一些「強作解人」的形容：

他們當中那些自命不凡的人一定會大笑、拍手，並像驢子般『抽動耳朵』，向別人顯示他理解得何等透澈。

對「智慧」：

世間沒有比不合時宜的智慧更愚蠢，沒有比理智錯位更缺乏明辨事理之忱。

對「婚姻」：

一個人要是按照聰明人的常規行事，先估量出生活道路上有何不利之處，這一來還有誰願意作繭自縛，讓婚姻生活的繮繩套住脖子，或是要一個女人懂得且願意找個男人呢？因此，如果你們把自己的存在歸功於婚姻，婚姻生活這個事實則歸功於『狂熱』，歸功於我的侍女 Ἄνοια，由此可以看出，實際上你們大都歸功於我。一個婦女一有了此經驗，如果我的侍女 Λήθη 不用神力幫助她『遺忘』這一切，難道她還願意重蹈覆轍嗎？

對「精明」之害：

對一切都看得一清二楚，估量一切，毫釐不差，無論對什麼從不寬諒。他自信、自滿，認為只有他才配得上既富裕又健康，既是帝王又自由自在——認為自己是無與倫比，只有自己的意見是至高無上的……我要問問你，要是舉行選舉，哪個城邦會選他當政？哪支軍隊願意讓他當將軍呢？尤其是有哪個婦女願意有或者受得了這麼個丈夫？哪家東道主想要這樣的客人？哪個僕人願意服待有這種脾氣的主人？誰都寧願從普普通通的愚人當中挑選一個出來，這個人既能管理愚人，自己做為一個愚人也能服從愚人的管理，能使那些像他本人的人們，也就是大多數人，都感到滿意。

可以有歷史方面的收穫，譬如他怎麼寫天主教廷的腐敗：某個商人、士兵或法官相信，他只需從一大堆掠奪來的錢財裡面拿出個小硬幣，便可一勞永逸，把自己過得像整個雷爾納沼澤那樣髒的一生洗刷乾淨。他相信，所有他的偽證、貪欲、酗酒、爭吵、謀殺、欺詐、叛變和背信棄義，都可以採用達成協議的辦法而一筆勾銷，並且用這麼一種辦法，使他現在又可以自由自在，重新著手去幹新一輪的罪惡勾當了。

可以看到他像是對今天「同溫層」的批判：當今之世，人們的耳朵格外敏感，實際上除了捧場話之外，別的全聽不進去。

還有，對「包裝自己」的本質：一頭骯髒的烏鴉用借來的羽毛打扮，『黑皮膚的人被沖洗成白色』，『蚊蟲身上出大象』。

4.

《愚神禮讚》寫在文藝復興、印刷術新科技、宗教改革交會的劇烈時代變動之際，而寫的焦點是穿越時空的人性，所以成為傳世經典。

在今天這個世局急劇變動，ＡＩ等新科技又加大變動幅度與深度之際，正是讀這一本人性之書的時候。

這是可以從頭讀到尾的書，也是可以隨意抽取篇章來讀的書，一如了解人性有無限可能。

愚人能說真話，甚至打開天窗說亮話，挖苦罵人，可是聽者卻感到津津有味，樂從中來。的確，說出這些話會使賢人丟掉性命，可是由小丑說出來時卻出人意料地趣味橫生，令人為之傾倒。因為真理具有一種真正使人愉快的力量，只要設法說得不傷人便行，不過眾神只把這種本領授予愚人。

《愚神禮讚》中譯本序

陳樂民（中國社會科學院歐洲研究所前所長）

十五、十六世紀荷蘭人文主義者伊拉斯姆斯有《愚神禮讚》名世。《愚神禮讚》托言於「愚神」，以第一人稱對即將轉入近世的中世紀晚期的世態世象——特別是對基督教的最高權威羅馬教廷——極盡嬉笑怒罵之能事，同時對平平常常的普通人滿懷同情、大唱讚歌。「愚神」一詞的希臘語「Mωρία」與他的英國好友、烏托邦理想主義者湯瑪斯．摩爾的名字諧音，遂以《愚神禮讚》相調侃，表明他們二人都是可愛的「愚人」。

讀罷《愚神禮讚》，我隨手寫下四段讀後感，以序這本亦莊亦諧的名著的中譯本。

伊拉斯姆斯的悲劇

伊拉斯姆斯是一個性情中人。然而，他冷落而又孤寂的晚年與他那輕鬆歡快的本性，形成了鮮明的對照。

「我不是以啼哭來開始人生，而是迎著我母親甜蜜地微笑。」但現實與伊拉斯姆斯的性格很不合拍——這個世界有如一座冰冷堅硬的頑石城，而不是一個有著活力的、富有感情的「人」的世界。

依照傳統常規，伊拉斯姆斯自幼接受了系統性的基督教神學教育。離開修道院後，伊拉斯姆斯從荷蘭去了英格蘭，在英國結識了湯瑪斯·摩爾，他們在志趣和理想上非常契合，各有自己的理想人生，因而成為莫逆之交。那時的英格蘭社會氣氛較之西歐大陸顯得寬鬆得多，宗教的自由度也較大，這對他很有影響。

他在巴黎，尤其在羅馬，深深感受到教會及其各級神職人員與基督教義之間存在著難以彌合的斷裂。前者的貪婪、腐敗和暴虐與教義完全背道而馳。一五〇九年他在離開義大利時寫道：「由於基督教會是在血上建立起來，用血來鞏固，在血中加強，所以他們繼續靠刀劍來處理教會的事務，好像基督已告死亡，再也無法用自己的方法保護自己的人民。」

伊拉斯姆斯認為，要糾正教會的種種弊病，唯一的方法是掌握和普及基督教義的真諦；最重要的是有一個正確的、嚴謹的《聖經》校訂本，然後以此為依據譯成各種文字，以糾正對《聖經》的各種曲解。他把這件事當作他不可推諉的天職。憑著對希臘文和拉丁文的造詣，伊拉斯姆斯夜以繼日地工作，終於推出了希臘文的《聖經》校訂本和拉丁文新譯本。這兩部書由於印刷術的應用而傳遍歐洲。後來，馬丁．路德即根據這個拉丁文新譯本譯成德語，在宗教改革運動中起了很重要的作用。

伊拉斯姆斯把對《聖經》的研究和整理當作他的畢生事業，同時他從中感到興趣盎然，用他對摩爾的話，他是以「輕快的情懷」來治學的。後人常說，伊拉斯姆斯把人文主義的精神同神學研究結合起來，在神學中注進了「人學」的靈魂。這正是伊拉斯姆斯對待《聖經》的獨特態度。這種精神在《愚神禮讚》中表現得最為充分。

他的工作本來可以使他與馬丁．路德成為同路人，但是在改革教會的方法上，兩人不僅分道揚鑣，而且互為對手，以至到了誓不兩立的程度。伊拉斯姆斯是學者，路德是農民的子弟；伊拉斯姆斯堅決認為靠對教會的理性批判和用《聖經》教化信徒，可以達到改革宗教的目的，因此他不贊成路德的「以暴易暴」的猛烈舉動。

宗教改革使教會分裂了，新教取得了「平分秋色」的果實。伊拉斯姆斯這位宗教改革的思想先驅和啓蒙者，卻在運動之火瀰漫之時隱遁，甚至在關鍵時刻拒絕為路德辯護，因此而被置於轟轟烈烈的宗教革命的對立面；這是伊拉斯姆斯的悲劇。在最後的歲月裡，他蜷縮在寧靜的書齋裡，一個人默默地、苦苦地寫著、寫著，直到七十歲在孤獨中無聲無息地死去。

賢愚之辨

這是全書的「書眼」。

愚神對賢愚之辨別有眼力。「愚人」，即正常的人、普通的人，他有七情六欲，有人的聰明智慧，有血有肉，是生動的、活著的人，而不是「一個人的大理石像」。愚人能說真話、實話，趣味橫生，使人覺得十分親近。

與「愚人」相對的「賢人」（或「聖人」）則永遠道貌岸然，絕對恪守信條，總是一副絕對正確、絕對理性的神氣；他永遠正言厲色，使人望而生畏，或敬而遠之，就如中國古時的衛道之士那樣。賢人是永不會犯錯誤的，不像愚人那樣常要讓人抓住小辮子。一提賢人，就立刻使人想到那是沒有一星半點兒毛病的人。但是也正因如此，常人很難與之交往，更談不上相知相熟，因為他毫無人味兒。於此，我想到晚明張宗子的話：「人無癖不可與交，以其無深情也；人無疵不可與交，以其無真氣也。」《愚神禮讚》裡的賢人（聖人亦然）就是些無深情、無真氣的人。有哪個正常的人願意跟沒真氣的人打交道呢！

愚神認為賢人之所以令人嫌惡，還因為他從來沒有自已的真心話，假面孔掩蓋了真面目；其實，「猴子就是猴子，披上紫袍仍然是猴子。」愚神從開場白到終場時說：「我要說聲再見了」為止，一直滔滔不絕，雖然時時似乎道三不著兩，東一榔頭西一棒，嘻嘻哈哈；可是細一琢磨，愚神絲毫不「愚」，而是真正的大智若愚。她用一面明鏡照世象，發現賢人其實最愚蠢，因為他兩耳不聞天下事，一心只讀古人書，學得一些虛無飄渺的東西掩人耳目；愚人則不然，他不知世間有規矩，憑身體力行，言其所當言，行其所當行，所以無所顧忌。荷馬（Homer）雖然雙目失明，卻是事事洞明，他說：「閱歷過世事之後，甚至愚人也變得聰明。」

世事有如一場戲，導演常要使觀眾產生錯覺：錯覺一旦泯滅，整個戲都需推倒重來。人生有如一隻「西勒努斯盒」，盒面上刻的是西勒努斯神的醜相，一旦掀開盒蓋，剎那間一切便都顛倒過來了。究竟是伊拉斯姆斯假愚神之口賢愚不辨呢？抑或是在他生活的時代裡賢愚本是顛倒的？因為事情的結局常常是愚蠢屬於賢人，智慧最終屬於愚人。所以，愚神的理想世界理當是一個沒有賢人的世界，任何人都可以從普普通通的愚人當中挑選一個出來，這個人既能管理愚人，也能自己做為一個愚人服從愚人的管理，能使那些像他本人那樣的人，也就是大多數人，感到滿意。

一場戲

嬉笑怒罵皆成文章，用來形容伊拉斯姆斯的風格是再恰當不過了。一部百科全書說《愚神禮讚》是伊拉斯姆斯的「通俗」作品。但它絕對不是泛泛的遊戲之作。他在離開教廷所在地羅馬之後，把久積心中的感受僅用了七天時間寫進這本篇幅不大的「大書」裡。

伊拉斯姆斯寫這本書時四十多歲，四十不惑，一個聰明的思想家已足可從各色世情世態中看明白他所處的時代了。

人生像一臺戲，各色人等紛紛粉墨登場，但粉墨無論何等濃重，抹去粉墨，真相即能畢現。伊拉斯姆斯特意揀出在當時的社會舞臺上的幾個重要角色——一些伊拉斯姆斯十分鄙夷的偽君子——加以盡情譏諷和挖苦。

例如，一群法學家、詭辯學家、邏輯學家正在場上表演，他們各個像薛西弗斯（Sisyphus）一樣，把一塊一塊的石頭推上山頂，又聽任剛剛推上山頂的石頭一塊一塊地滑下來，滑下的石頭堆得像山那樣高。他們製造了幾百條清規戒律，並喋喋不休地告誡愚人們說，每條戒律解決一個問題，但結果是問題像堆起的石頭那樣多。

這些人在舞臺上是最微不足道的角色，可接著登場的經院哲學家就具有不同凡響的氣度了。他們身披大斗篷，留著長鬍鬚，一副居高臨下、拒人於千里之外的模樣，教人一望而不能不肅然起敬。他們自稱無所不知，洞悉宇宙奧祕，只有他們擁有智慧，別人都是凡夫俗子。他們自鳴得意地構建一個又一個的體系，毫不猶豫地以宇宙設計師自命，並且宣告自己已經進入大自然的玄機。但是，可惜得很，鐵面無私的大自然對於他們那些查無實據的放言空論，根本不認帳。原來經院哲學家的本領，就在於提出「種種定義、結論、推論和明確、含蓄的命題」，或者把「有關於概念、形式、本質、個性等等更加深奧的問題」推敲得那麼細緻，結果只能「讓那些教養欠佳的人眼花繚亂」；要是有誰拒絕他們那一套，那就一定是「異端分子」了。

接下來，輪到君王和為君王服務的弄臣們上場了。那位君王項戴金鍊，頭上一頂鑲滿寶石的王冠，身著富麗堂皇的紫袍，渾身打扮象徵著美德、英勇和正義。不過若要看他的行為或者鑽進他的內心世界，君王其實是「一個置法律於不顧的人，全心全意搞私利，幾乎達到敵視人民利益的程度，一個一頭鑽進驕奢淫逸中去的人，憎恨學問、自由和真理。腦子裡根本就沒有國家的利益，衡量一切都以他自己的利益和欲望為依據。」有其主必有其僕。有君如此，則下面的朝臣必然是一群為虎作倀，既奴性十足，又愚昧無知，且貪婪成性之輩。

最後出場亮相的，是教會的教宗，以及樞機主教、教士、僧侶等各級神職人員。教宗不僅是宗教的主宰，也是社會的最高權威。他那其白如雪的亞麻法衣，是人品純潔無瑕的象徵；那頂雙角形主教冠，表示他宏豐的學識；那雙手套也不平常，表明他在行聖禮的時候絲毫不受凡人的玷汙；至於那根牧杖和他面前的十字架，使人感到他在仁慈地替天行道、照料著羊群和戰勝一切人世上的情欲。可是只要剝去這一切，「偽君子」的真相就暴露無遺了。其驕奢淫逸、掠奪財富、暴虐弱者的行徑一點兒不遜於那些君王。伊拉斯姆斯把從教宗以次的一大批為羅馬教廷「增光」的人，看個透體通明。

然而，切莫把伊拉斯姆斯誤看做是反基督的人，他是把基督教義，也就是

《聖經》的真諦，與教會區別對待。做為教權至上象徵的教會已經腐敗透頂。其所以如此，恰恰是因為教會踐踏了《聖經》本義。伊拉斯姆斯誠然是愚而又迂的，他堅持以為，只要恢復《聖經》的本來面目，把被曲解的東西校正過來，以此不懈地苦口婆心規戒所有信徒，便有可能「純潔」教會。他滿懷著對基督的虔誠批評教會，心中有個基督教的烏托邦。「基督儘管是上帝智慧的體現，也讓自己顯得有點像個愚人，目的是要對人的愚蠢助以一臂之力，所以他呈現出人的本性，看上去具有人的形式；正如他讓自己成為罪人，才得以為眾罪人贖罪那樣。」在這個烏托邦裡，人人都是一樣的愚人，都同樣屬於「人」（Human being），都同樣享有教養、真理、自由和平等，沒有爾虞我詐，沒有巧取豪奪，沒有以強凌弱、以暴易暴。然而，這當然只是做為理想主義者的伊拉斯姆斯心目中構建的一個不可能企及的基督教王國。

關於人文主義

把「Humanism」譯作「人文主義」是相當恰當的，很傳神。「人文」二字在《易傳》裡有，所謂「文明以上，人文也」，所謂「觀乎人文以化成天下」。不管如何解釋，反正都離不開「人」字。不過，中國經典中的「人」與西洋的「人」不同。中國經典中的「人」是服從於一定的政治和道德的，而不是像馬克思說的「把人當作人」的那種獨立自主地認識自己、認識世界的「人」。

把人做為一種單獨的「存在」（Being）是歐洲的一個重要的傳統。古希臘精神最為吸引人的地方，就是神裡有人，「神話」歸根到底是「人」的神話。荷馬史詩是最早的「人」的史詩。西塞羅說，蘇格拉底把哲學從天上搬到了人間。柏拉圖的「洞穴人」寓言講的是人怎樣窺得理性的亮光。羅馬時期通過征服把人政治化了，而基督教文明則一方面讓上帝代表至善的「人性」，並從而製造一個以上帝為宇宙中心的時代。同時，在另一方面，德國哲學家路德維希·費爾巴哈（Ludwig Feuerbach）認為基督教的本質最終是人的本質。在這後一點上，伊拉斯姆斯已先於費爾巴哈三個世紀體悟到了。伊拉斯姆斯可以說是基督教人文主義的一個「活標本」，而世俗的人文主義，在歐洲是必定要從基督教人文主義蛻化出來的。當時的問題是在教會淫威和經院哲學的蠱惑下，人本質被神本位疏而不漏的統治掩蓋住了。

「人文主義」一詞始用於何時，專家們自有考據。重要的是它是貫穿在歐洲文明史中的一種精神。它不是哲學體系，也不是為某個利益集團或黨派服務的意識形態信條。它是萌生於每個人反映人之本性的一種內在精神；它對生活懷有積極和熱忱的態度，十分熱衷於改善人的生活和素養，因此它對於現世中的一切醜惡現象本能地持批評和嘲諷的態度。人文主義者重視教育對人的感化和教化作用，相信學能開眼，持續的理性教育能夠增益人的良知，教人棄惡從善。因此，人文主義在邏輯上是與自由主義、理性主義和主知主義相通的。

奧地利作家褚威格（Stefan Zweig）曾這樣評價伊拉斯姆斯的《愚神禮讚》：「這本書體現了伊拉斯姆斯以下幾個方面的特點：一個有文化素養、博學多聞的學者，一個慣於嘲弄的諷刺作者，一個敏銳的批評家。這幾個方面在書中融為一體，恰似親如手足的友人融洽相處在一起。」我想，凡讀過這本書的人，都一定會認同褚威格的印象。

《愚神禮讚》不僅非常生動地反映了作者本人活躍著的思想、精神和風格，而且是時代的寫照，是已見近世曙光的那個時代的縮影。

最後，我必須特別提一下本書的譯者，翻譯家、福建師範大學教授許崇信老先生。在我接手寫這篇序言時，已聽說許先生在譯完這本難度很大的《愚神禮讚》之後不久就仙逝了。我與許先生從未見過面，但從其作品便確知他是一位譯著等身的翻譯家和學者。

我相信，凡讀過許先生譯著的人，尤其是讀了這本《愚神禮讚》的人，一定會與我有同感：沒有中外文極深的造詣和深厚的國學修養，是達不到這樣的高水準的。嚴幾道嘗言：「譯事三難信達雅。」許老的譯作堪稱三者兼有的範本。

謹藉此序言，聊贅數語，遙祭許崇信先生。

一九九九年八月於京中芳古園陋室

鹿特丹的伊拉斯姆斯致友人湯瑪斯・摩爾函

最近我從義大利返回英格蘭，歸途只能在馬背上度過，但我不願把光陰虛擲在回想荒誕的故事之上，而更樂意花點時間思考我們兩人共同感興趣的某個話題，或是沉浸在與留在英格蘭的親朋好友共享的回憶之中，其樂融融。這些朋友們各個都學識淵博，和藹可親。親愛的摩爾，您就是他們當中最先浮現在我腦海裡的人。自從我們兩人離別以來，我每一想起您便不禁樂由衷生，一如當年與您聚首一堂時那樣。我發誓，我一生中的樂莫大於與您交往。也正因為這樣，我以為自己在這方面應該能做點什麼，無奈時不我與，難以認真嚴肅地思考問題，所以我寫《愚神禮讚》以自娛。您完全有理由提問：「到底是個什麼樣的雅典娜[1]

1 雅典娜（Athena），希臘神話中的智慧女神。

女神把這樣的念頭塞進你的腦袋瓜？」首先，是因為您姓「摩爾」（More），這個詞與希臘詞「愚蠢」（Mōria）相似得近在咫尺，可與您的實際情況卻又遠在天涯。大家也都認為，您與「愚蠢」相距之遙，真有天壤之別。我覺得，對我這種趣味橫生的妙語，誰也不會像您誇獎得那樣大力，因為您時常以這類玩笑為樂，而且，要是我沒有記錯，那些玩笑全是不乏學識與風趣的妙語。實際上您是喜歡在我們共同寄跡的浮生中扮演德謨克利特[2]的角色的。您的才智敏銳而又新穎，使您無法不與平庸之輩持迥然不同的意見，但您的舉止和風度卻又如此友善而又和藹可親，使您擁有稀世的天賦之才，能與任何時期的所有人融洽相處，共享生活。

而且我確信，您會十分高興地把我這篇微不足道的陳言視為朋友贈與的一件紀念品，並願進而為其辯護。它是獻給您的，自今而後就屬於您了，不是我的。可能會有一批喜歡挑剔的人跑出來詆毀它。有的會說，我身為一位神學家，寫這份毫無價值的東西太輕佻了；另一些人又會說，這篇東西諷刺尖刻，不合乎基督教徒的行為規範。他們會大喊大叫，說我正在復活「古代喜劇」，或琉善[3]式的作品，對無論什麼事都要挑剔，都要罵街。那些因為一篇文章裡面說了點輕薄話、開了點玩笑便生起氣來的人，盼能胸懷寬廣地看出，我的文章並不開此類事例的先河，過去許多著名作家早就做過同類的事了。荷馬老早以前就寫出《蛙鼠之戰》以自娛，維吉爾寫《小蠅》和《莫雷頓醬》，奧維德則寫《胡桃》以供消遣[4]。波利克拉特斯寫了一篇假頌詞來歌頌暴君布西里斯，他的批評者伊索克拉底也這麼做；格勞孔讚揚過不公正的行為，法沃里努斯則讚揚過瑟爾賽特斯和三日瘧；辛奈西斯讚揚禿頭，而琉善則歌頌蒼蠅和寄生蟲[5]。塞內卡在寫克勞狄皇

2 德謨克利特（Democritus, c. 460–370 BCE），古希臘哲學家，原子論創始人之一，被稱為「歡笑的哲學家」。

3 琉善（Lucian, c. 120–180 CE），古希臘修辭學家、諷刺作家，其作品以機智辛辣著稱。

4 《蛙鼠之戰》（*Batrachomyomachia*）實際上並非荷馬作品，而是公元前四世紀時模仿荷馬《伊里亞德》（*Iliad*）寫成的滑稽諷刺作品。《小蠅》（*Culex*）和《莫雷頓醬》（*Moretum*）似非維吉爾所作。《胡桃》（*Nux*）並非出自奧維德之手。

5 波利克拉特斯（Polycrates），公元前四世紀雅典的雄辯家。布西里斯（Busiris），神話中的埃及國王。埃及遭受連續九年的旱災時，賽普勒斯先知預言：國王每年如用一個異邦人作犧牲，獻祭宙斯，大旱即可消除，布西里斯首先把先知帶上祭壇，後來又把所有來到埃及的異邦人全都作犧牲。伊索克拉底（Isocrates, 436–338 BCE），雅典雄辯家、教育家。格勞孔（Glaucon），柏拉圖《理想國》（*Res Publica*）中的人物，據說此人曾寫過一篇論不公正的對話體作品。法沃里努斯（Favorinus），活動時期在二世紀，是羅馬皇帝哈德良的心腹，其作品已佚失。瑟爾賽特斯（Thersites），《伊里亞德》中一名最醜陋、最會罵人的希臘士兵，在特洛伊戰爭中嘲笑阿基里斯而被殺。辛奈西斯（Synesius），五世紀初的一位主教，曾寫過讚美禿頭的戲謔文章。

帝升天化神的故事中開盡了玩笑，一如普魯塔克在其格里魯斯與尤利西斯的對話中所表現出來的那樣[6]。琉善和阿普列尤斯都拿驢子寫文章引人發笑；有個我記不起名字的人寫過一頭名叫格倫尼烏斯．科羅可塔的小豬留下遺囑的事來開玩笑，聖傑羅姆也曾談及此事[7]。

要是那些人覺得這麼說仍不大對味，他們也可以發揮想像力，設想我一直都在下跳棋、騎木馬，自得其樂，他們喜歡怎麼想就怎麼想。只允許其他各行各業可享有自身的樂趣，獨不允許治學之域也可享有輕快的情懷，是多麼不公平。須知區區小事說不定會成大事！玩笑可以開得恰到好處，使任何一個不全乏明察力的讀者，都能覺察出其中有某種使人受益良多的東西，這較諸我們所知的某些人發表用語晦澀、言之無當的高論，更能使人受益。舉幾個例：有的人沒完沒了地在一篇東拼西湊的演講裡歌頌、讚美修辭學或哲學，有的人頌揚某個王子，而第三個人則打算煽動起反對土耳其人的戰爭。有人預言未來，有人標新立異，想出一套無聊的論點，供討論子虛烏有的問題之用。世間最膚淺的莫過於以淺薄的態度對待正經事；同樣的，世上最引人入勝的莫過於在對待瑣事時顯出所為之事絕非瑣碎。世人對我自有其自己的判斷，不過，除非我是在靠「自戀」以自欺，否則，我對愚蠢的頌揚，絕不愚蠢。

有些人因為說出辛辣的諷刺話而遭到非難，我要對針對此事談點意見。我認為：明智之士對一般人的日常生活始終享有說風趣話的自由，只要他們談得不出格，合情合理，便不應受到譴責。當今之世，人們的耳朵格外敏感，實際上除了捧場話之外，別的全聽不進去，這使我不勝驚異。此外，您還會發現，許多人的宗教意識受到嚴重的歪曲，以致他們覺得對基督最嚴重的褻瀆可忍，

6 塞內卡（Seneca, 4 BCE–65 CE），古羅馬哲學家、政治家和劇作家，因觸怒克勞狄大帝而遭流放。普魯塔克（Plutarch, 46?–120 CE），古希臘傳記作家、散文家。他寫過一篇對話，其中一個人物格里魯斯被女巫喀耳刻變為豬之後，力圖勸說英雄人物尤利西斯，讓他相信牲畜的生活比人類更舒適。

7 阿普列尤斯（Apuleius），二世紀羅馬作家和哲學家，著有長篇小說《金驢記》（*Asinus Aureus*，一譯《變形記》）等。格倫尼烏斯·科羅可塔（Grunnius Corocotta），一頭形狀如豬的雜種牲畜，三世紀時人們曾描述其留下了一份遺囑，成了學童開玩笑時的趣話。聖傑羅姆（Saint Jerome, 347–420 CE），早期西方教會教父、《聖經》學家，通俗拉丁文本《聖經》譯者。

而對教宗或君主開點輕微的玩笑反而不可忍，尤其是「事關他們的日常生計」時更加如此。我想問問您：不指名道姓，批評世事人生，這看上去該算是諷刺呢，還是告誡和勸說呢？再者，難道我沒有多次對自己進行自我批評嗎？還有，如果諷刺把各種類型的人全都囊括進去，那就顯然是在譴責所有邪惡，而不是針對任何個人。因此，任何一個人要是提出抗議，說他受到損害，這個人一定是暴露出自己問心有愧，或至少是憂心忡忡。聖傑羅姆在這方面常以更加無拘無束，更加辛辣的諷刺自娛，有時甚至還指名道姓。我不但克制自己不去點任何人的名，而且使自己落筆之處有恭謙溫讓的風格，這一來，敏感的讀者便能清楚理解到我的用意在於讓人高興，而非痛苦。我絕不像尤維納利斯[8]那樣，把藏汙納垢的罪惡陰溝，攪個沉渣泛起；我著手考察的是可笑之事，而非可恥之事。最後，經過我這番陳述之後，如果還有人仍然感到憤憤不平，那他至少得記住，受到「愚神」攻擊乃是一種榮譽；我讓她出來說話時，必須讓這個角色具有恰如其分的風格。

我為何要向您講述這些東西呢？須知您是一位舉世無雙的辯護人，總是為各種事件提供最佳的服務，即便那事件並非完美無缺。再見吧，淵博的摩爾；祝您成為與您同名的「愚蠢」的一名堅強鬥士。

一五〇八年六月九日於鄉間

8 尤維納利斯（Juvenalis, 60?–140 CE），古羅馬諷刺詩人，傳世諷刺詩十六首，抨擊皇帝的暴政，諷刺貴族的荒淫和道德敗壞。

愚神禮讚

愚神說：

1

不管世人通常如何談論我（我十分清楚地知道，愚神的名聲即使在最蠢的人當中也是壞透了的），確實還是唯有我能運用非凡的力量，使神與人全都心裡樂滋滋的。這方面的充分證據是：只要我邁步向前，對擠得滿滿的與會者講話，每張臉孔立刻容光煥發，浮現出一陣罕見的新歡樂，你們大家臉上的皺痕一下子平滑下來。你們笑逐顏開，嘻嘻哈哈歡呼起來，所以你們這些聚集在我四周的人，突然間活像荷馬史詩裡的眾神，喝上瓊漿玉液，醉意朦朧，還再攙點忘憂藥來消愁，儘管片刻之前，你們坐在那裡，看上去愁眉苦臉，好像剛從特拉豐尼烏斯的洞穴裡鑽出來似的[1]。現在，太陽第一次露出金黃色的美貌，照臨大地，或者說，經過了嚴冬，新生的春天呼出了輕柔的氣息，這時自然界萬物的面目也為之一新，新的色彩連同青春又重返人間；這時你們一看見我便換了容顏。那些大雄辯家照例花時間準備長篇演講，仍很難消除你們心頭的憂慮和煩惱，可我一露面，這件事立刻就解決了。

2

今天我為什麼要穿這樣的奇裝異服出現呢？你們如不反對側耳傾聽，就會弄清原因——不過不是用你們傾聽傳教士說教的那雙耳朵，而是用那雙豎起來聽江湖醫生、小丑和愚人說話的耳朵，也就是往昔我們的朋友米達斯用以傾聽牧神訴說的那類耳朵[2]。我有個想法，打算當著你們的面扮演詭辯家，不過我扮演的不是現今的那伙人——他們把一大堆煩死人、繁雜瑣碎的東西硬塞進學生的腦子，灌輸給他們的是一些比女人吵架時更加固執的習氣。我不會那樣做。我將仿效古人之所為，取詭辯家之名，而摒棄哲學家或敬賢者這種損人害己的頭銜。他們最感關切的事是寫出歌頌神和英雄的頌詞，同樣的，你們現在也將會聽到一篇頌詞，不過歌頌的不是海克力斯或梭倫[3]，而是我本人，也即「愚神」。

1 特拉豐尼烏斯（Trophonius），德爾菲神殿的建築師，阿伽墨得斯的兄弟。他們把神殿的一塊石頭砌成活的，以便夜間移動石頭潛入神殿內竊取寶物。在阿伽墨得斯落網時，特拉豐尼烏斯為了不被揭發，便砍去其兄弟的頭，並把它帶走，逃入雷波德亞森林中的洞穴，但從洞穴中得到神諭：凡聽到神諭的人，終生將在愁苦中度日。

2 米達斯（Midas），古代傳說中既愚且貪的國王。據說他曾在太陽神阿波羅和牧神進行吹奏樂比賽時判定後者獲勝。阿波羅於是使米達斯頭上長出兩隻驢耳，米達斯用頭巾把耳朵包起來，並要他的理髮師不將此事洩露給任何活著的人。理髮師終因藏不住這個祕密，將此事告知一個地穴，地穴周圍長出來的蘆葦在微風吹過時發出聲音說：「米達斯長著驢耳朵。」

3 海克力斯（Hercules），主神宙斯和阿爾克墨涅之子，力大無比，以完成十二項英雄偉績聞名。梭倫（Solon, 638?–559? BCE），古雅典政治家、詩人，當選執政官，進行經濟和政治改革。

3

有些人自以為聰明蓋世，認為任何自誇自讚的人乃是自高自大兼愚蠢到了登峰造極的地步，我對持有此看法的人不敢恭維；更確切點說，隨他們認為有多愚蠢好了，只要他們承認與角色相配稱就行。對愚神而言，還有什麼比到處自吹自擂，宣揚自己的功績，「唱自己的頌歌」更符合自己的身分呢？誰能比我本人更加唯妙唯肖地描繪出自己呢？當然，除非有這麼個人，他比我對自己了解得更加透澈。不過，我覺得自己較諸一般出身高貴的人以及博學之士更加謙虛謹慎，因為他們被扭曲的謙虛意識促使，去收買某個吹牛拍馬屁的代言人或口若懸河的詩人，以便能聽到別人在歌頌他們的功績，儘管那全是假的。這個傾聽著頌歌的人故作姿態，活像孔雀展開尾羽，昂頭挺立，而厚顏無恥的諂媚者竟把這個一文不值的人奉為神明，把他樹立為天下美德的完善典型——儘管此人自己心中有數，知道自己無論哪方面都與美德相去甚遠。因此，一頭骯髒的烏鴉用借來的羽毛打扮，「黑皮膚的人被沖洗成白色」，「蚊蟲身上出大象」。最後，我遵循一句民間舊諺語行事，這句諺語意指：一個人如找不到別的任何人來讚揚自己，那他就應該自讚自揚。這裡，順便說一句，我對人類的忘恩負義（如果你們允許我這麼說）或拖拉遲延不能不感到驚訝。大家都非常希望和我交朋友，並坦白地承認我所帶來的好處，可是，經過這麼長的時間，卻不見有一個人出來讚頌愚神，表示謝忱。可是為了向布西里斯和法拉里斯[4]這樣的暴君表示敬意，向三日瘧、蒼蠅、禿頂和各種瘟疫致敬，準備花耗燈油和不眠之夜來寫出經過精心推敲的講詞的，卻不乏人在。

4

你們從我這裡聽到的演講，雖屬即席發表，未經準備，但卻格外真實。不

4　法拉里斯（Phalaris），西西里的阿克拉伽斯僭主，以凶狠殘暴著稱。傳說他曾把活人裝入銅牛中燒死，把人的慘叫聲當作牛的吼聲來取樂。

過，我不希望你們以為我這麼做是如同普通的雄辯家一般，在炫耀自己的天才。你們也知道，這類雄辯家可以花上整整三十年的功夫，精心推敲一篇演說——說不定到那時還不敢說是他們自己寫的，接著，他們發誓說是寫著玩的，只花了三天的時間，甚至是即席口述的。就我而論，我最喜歡的是「話到嘴邊」[5]說出來。你們任何人都別指望我會去追隨一般修辭學家的所作所為，靠下界定來說明我是個什麼樣的存在，我尤其不靠分類來進行說明。不論是去限制神力廣大者，還是去切分普天下統一敬仰者，對未來來說都不是好兆頭。根據界定來勾畫我的容貌，最多描出我的影子而已，可我本人現在就站在你們面前，讓你們親眼打量，所以你們說說看，憑界定辦事有什麼用呢？因為我一如你們見到的，是真正帶給人類幸運的「愚蠢」之神，羅馬人稱我為「STVLTITIA」，希臘人則稱我為「ΜΩΡΙΑ」。

5　伊拉斯姆斯《格言集》（*Adagia*）1. v. 73。

對愚神而言，還有什麼比到處自吹自擂，
宣揚自己的功績，「唱自己的頌歌」更符合自己的身分呢？
……一頭骯髒的烏鴉用借來的羽毛打扮，
「黑皮膚的人被沖洗成白色」，「蚊蟲身上出大象」。

5

但是，難道我還需要詳詳細細、一字不漏地告訴你們嗎？我的臉孔不是已經把我是個什麼樣的人一清二楚地告訴了你們嗎？任何一個認定我是密涅瓦[6]或智慧女神的人，極易認識自己的錯誤，儘管言談是一面心靈的鏡子，最不騙人，但我甚至一言不發，只需瞟上一眼就行。我用不著喬裝打扮，我的臉孔不會裝出與我內心最深處的感情相左的樣子。我無論在什麼地方，總是以本來的面目出現，誰也不能使我作偽——尤其是那些提出特別要求，要人們承認他們是智慧的化身的人。他們招搖過市，像是「身穿紫袍的猿猴」和「披上獅皮的驢子」[7]。他們無論怎樣絞盡腦汁，異想天開，長在他們頭上的驢耳朵終究要豎起來，洩露出米達斯王既愚且貪的本質。那些忘恩負義的人，他們其實完全與我一伙，然而，我的名字在大庭廣眾中卻被視為令人十分赧顏的，他們把它當成一個格外強烈的罵語，隨便拿來咒罵別人。實際上他們全都是十足的蠢材，可是，他們當中每個人都樂意被當成聰明人，被當成哲學家泰利斯[8]，這樣看來，給他們起個最貼切的

名字難道不是「聰明的愚人」（Μωροσόφους）嗎？

6

這時，我覺得自己也應該模仿當今的雄辯家，他們要是能夠像馬蛭那樣露出兩根舌頭，就把自己當成是世上之神；要是能把幾個無足輕重的希臘文小詞，像做鑲嵌工藝品那樣插到拉丁語演講詞裡面去，儘管用得不恰當，他們也會認為是光輝奪目的絕技。這時，如果還需要別出心裁弄點不平常的東西，他們便會從陳舊的手稿中挖掘出四五個已廢棄不用的舊詞，把讀者弄得迷迷糊糊，覺得詞義高深莫測。這裡的意思，我想是這樣的：懂得此類詞語的人會更加自鳴得意，而不

6 密涅瓦（Minerva），古羅馬宗教所信奉的女神，司掌各行業技藝，後來又司理戰爭。人們認為她與希臘女神雅典娜同為一體。

7 伊拉斯姆斯《格言集》1. vii. 10 和 1. iii. 66。

8 泰利斯（Thales），哲學家，活動時期約公元前五八〇年，被列入傳說的七賢之中。

懂的人，則越是不懂越欽佩得五體投地。的確，對外部世界輸入、帶有迥然不同的異國情調的東西，我所有的追隨者都格外喜歡，他們當中那些自命不凡的人一定會大笑、拍手，並像驢子般「抽動耳朵」，向別人顯示他理解得何等透澈。此事談到這裡吧，現在，還是話歸本題。

7

各位，你們現在都知道我的名號了，那我該怎樣稱呼你們呢？稱做「最愚蠢的人」？愚神還能用什麼更高的尊稱來稱呼她的信徒呢？但首先，在繆斯的幫助下，我打算向你們說明我的出身，因為知道的人並不多。我的父親不是卡俄斯、俄耳庫斯、薩圖恩、伊阿珀托斯或是其他過時老朽的眾神，而是豐饒財富之神普路托斯[9]。不管荷馬和海希奧德甚至朱比特[10]怎麼說，他的確就是「諸神與眾人的唯一生父」。普路托斯只需點一點頭，今天也和過去一樣，所有的東西，無論是神聖的還是世俗的，全都被攪得顛倒傾覆，亂七八糟。無論是戰爭、和平、政府、議會、法庭、集會、婚姻、契約、條約、法律、藝術、喜慶、嚴重之事（我簡直喘不過氣來）——只要一句話，人間一切公務與私事，全都按照他的意志來安排處理。如果沒有他的幫助，所有詩人神奇的天賦才華以及（我說句唐突無禮的話）奧林帕斯山眾神本身將不復存在，你也得依靠「家人送來的食品」過日子，生活得很不愜意。一個人要是觸怒了普路托斯，那就是雅典娜女神親自出面也救不了他。可是任何一個獲得他首肯的人，卻可以告訴強有力的朱比特本人別管閒事，只管雷電就是了。「宣稱他是我的父親，這是我的驕傲。」我父親不像朱比特那樣，從腦袋裡生下了乖戾、苛刻的雅典娜，而是讓青春女神做我的母親，她是山林水澤中最可愛的寧芙仙女，也是最快樂的一位。他和她結合，不像

9 卡俄斯（Chaos），指存在於創世之前的空間，是泰初的混沌，諸神的始祖。俄耳庫斯（Orcus），古羅馬的死神，負責把鬼魂送到地府去。薩圖恩（Saturn），古羅馬宗教所信奉的神靈，司掌農業與收成。伊阿珀托斯（Iapetus），泰坦諸巨神之一。普路托斯（Plutus），希臘神話中豐饒富裕之神，財神。

10 海希奧德（Hesiod），希臘史詩詩人，其創作時期為公元前八世紀。朱比特（Jupiter），羅馬神話中的主神。

那一對生下了跛腳鐵匠的父母[11]那樣，靠的是死氣沉沉的婚約，而是「出於山盟海誓，相親相愛」，所以一如荷馬所說的，這要歡樂得多。再者，我父親不是阿里斯托芬[12]作品中的普路托斯（別弄錯了），那是個半盲人，已到了風燭殘年；我父親是青春煥發、血氣方剛、正當其時的普路托斯——不只是青春煥發，而且剛剛在諸神的宴席上把一杯杯裝得滿滿的純淨美酒一飲而乾。

8

今天，一般人將嬰孩墜地時，最初發出哇哇聲的地點視為事關緊要的依據，用來判斷一個人高貴出身與否。所以如果你們想要知道我的出生地，我要奉告的是：我不是出生於提洛浮島，不是出生於波濤萬頃的海疆，也不是出生於「空洞穴」，而是出生於神佑群嶼[13]，島上「無需播種，無需耕種」而萬物俱生。島上不知有辛苦、衰老和疾病。田野上沒有阿福花、錦葵、海蔥、羽扇豆或是蠶豆，也見不到任何其他此類毫無價值的東西，到處都長著白花黑根的魔草、治百病的萬靈藥、忘憂草、墨角蘭、仙果，以及蓮花、玫瑰、紫羅蘭和風信子，還有阿多尼斯花園[14]，令人感到芳香撲鼻，賞心悅目。由於我出生於如此樂融融的環境之中，所以我不是以啼哭來開始人生，而是迎著我母親甜蜜地微笑。我當然不會妒忌「克洛諾斯那強有力的兒子」得到母山羊的奶汁餵養，因為有兩個媚人的寧芙仙女親自給我餵奶，其中一個是酒神巴克斯的女兒「陶醉」（Methe），另一個則是牧神潘的女兒「無知」（Apaedia）[15]。你們可以在這裡見到她們倆以及我的其他隨從和追隨者呆在一起。不過，要是你們想知道我其他的隨從叫什麼名

11 伏爾甘（Vulcan），火與鍛冶之神，為朱諾與朱比特所生。

12 阿里斯托芬（Aristophanes, c. 450–380 BCE），古希臘著名喜劇作家。

13 提洛（Delos），希臘基克拉澤斯群島中最小的島嶼之一。是阿波羅及其孿生姐姐阿提米絲的出生地。傳說朱比特用鑽石鎖住此島，使其不浮動。神佑群嶼（Isles of the Blessed），希臘神話中神佑群嶼位於大地的邊緣某個無法逾越的彼岸。人們在那裡不知痛苦為何物，生活得同黃金時代的人類一樣。

14 阿多尼斯（Adonis），原是黎巴嫩地區的神，後被納入希臘神話，是一位掌管每年植物死而復生的俊美之神。雅典婦女會種植「阿多尼斯花園」，由蒜、蔥、小麥和燕麥等快生快死的草本植物組成。

15 克洛諾斯（Kronos），泰坦神中最年幼者，是天神烏拉諾斯和地神蓋亞的兒子，其子即宙斯。潘（Pan），希臘神話中人身羊足、頭上有角的牧神。

字，我必須用希臘文介紹她們。

9

你們見到的那個豎起眉毛的人，當然就是「自負」（Φιλαυτία）。那個拍手歡笑的人叫做「諂媚」（Κολακία）。那個睡意朦朧、似醒非醒的人叫「遺忘」（Λήθη），而這個雙手交叉、身體偏倚的是「懶散」（Μισοπονία）。這個頭戴玫瑰花冠，身在花香中的是「享樂」（Ἡδονή）。那個眼睛一直轉來轉去，無法平靜下來的叫「狂熱」（Ἄνοια），而這個身體豐滿，看上去吃得好、保養得好的叫做「放蕩」（Τρυφή）。在這些女子裡面你們還能見到兩個神，其中一個叫「歡宴」（Κῶμος），另一個叫「沉睡」（νήγρετος Ὕπνος）。這些同伴全都忠心耿耿地侍候著我，協助我統治整個世界，使得甚至是極大的統治者也得在我面前俯首聽命。

10

你們已經知道我的出生、教養和同伴的情況了。現在，我不願別人誤以為我沒有什麼站得住腳的理由，便自稱為女神，為此，務請諸位多加注意，弄清我同樣給神與人帶來了多麼大的利益，以及我的神力擴展得何等遙遠。有些人明智地指出，神之所以為神，在於助人；而且，給世人帶來酒或穀物或其他物品的人，理所當然也應進入神的行列。若真是如此，那我把每一分利益不分彼此地分發給大家，你說我不該名正言順地被承認為眾神之首嗎？

11

首先，世上有什麼比生命本身更加甜蜜或更加可貴的嗎？生命的起源如不歸因於我，還能歸因於誰呢？生命的起源肯定不是來自那個「有權勢的父親」所生的雅典娜女神之矛，也不是來自那個成為人類之父、「呼雲喚霧」的朱比特主神之盾。這個眾神之父兼眾人之王的主神，只需點一點頭便會使整個奧林帕斯山為之搖晃，可是如果他想要做常人之事，也就是生男育女之事，就只好把他那把三叉雷電戟擱置在一旁，把那副瞬息萬變、讓眾神都嚇壞的嚴厲臉孔收起來，低聲下氣地戴上不同的面具，像個演員那樣。一如我們所知道的，斯多葛派[16]的學者們宣稱自己最像眾神。那就請你把一個超過斯多葛派學者三倍、四倍，如果你願意的話，甚至是六百倍的人帶來我面前。這個人一定留著鬍子做為智慧的標記，但實際上他與山羊無異。這時他只好把傲氣消掉，讓臉上的皺紋消失、平滑下來，拋棄掉他那些僵硬的原則，暫時沉浸在樂呵呵、傻乎乎的氣氛之中。實際上，這個哲學家要是想當父親，他必須拜訪的人，捨我莫屬——沒有錯，就是我。我不妨像平常那樣更加坦率地和你談談。我問你：神或者人是從哪裡生下來的？從頭部、臉上、胸膛、手或耳朵？從所有這些被認為是體面的身體部位？不，不是這樣。繁殖人類的器官真不像話，一說出口就會引人發笑。這是一道真正的聖泉，萬物的起源皆由此出，而不是出自畢達哥拉斯[17]的四元數。請告訴我，一個人要是按照聰明人的常規行事，先估量出生活道路上有何不利之處，這一來還有誰願意作繭自縛，讓婚姻生活的繮繩套住脖子，或是要一個女人懂得且願意找個男人呢？因此，如果你們把自己的存在歸功於婚姻，婚姻生活這個事實則歸功於「狂熱」，歸功於我的侍女 Ἄνοια，由此可以看出，實際上你們大都歸功於我。一個婦女一旦有了此經驗，如果我的侍女 Λήθη 不用神力幫助她「遺忘」這一切，難道她還願意重蹈覆轍嗎？不管盧克萊修怎麼說，維納斯女神自己一定不會否認[18]，要是我的神性沒有出來幫助她，那麼，她的神效必將受到削弱和損害。因此，正好是從我這種如醉似痴、荒謬可笑的歡樂之中，生出了高貴的哲學家以及他們傳至今天的後裔，一般稱為修道士，還有紫袍披身的國王、虔誠的神父和十分神聖的教宗；以及詩人筆下應有盡有的眾神，數目如此之多，就連廣闊無比的奧林帕斯山本身，也容納不下。

16 斯多葛派（Stoicism），公元前四世紀創立於雅典的哲學派別，禁欲主義者。
17 畢達哥拉斯（Pythagoras, 580?–500 BCE），古希臘哲學家、數學家，提倡禁欲主義，認為數為萬物之本。
18 盧克萊修（Lucretius, c. 94–55 BCE），古羅馬詩人、哲學家。維納斯（Venus），羅馬神話中愛與美的女神。

12

不過，只說我是生命存在的根源還嫌不足，我還能證明，存在於整個生活中的幸福，無不由我提供。人生樂趣一旦消失，生活會變成個什麼樣子，還配得上稱為生活嗎？我聽見你們的鼓掌聲了，實際上我相信你們當中誰也沒有那麼聰明，更確切地說，那麼愚蠢——不，我的意思是，聰明到認為那可以稱為生活。甚至斯多葛派學者也不藐視快樂——他們小心翼翼地把自己的真正感情掩蓋起來，在大庭廣眾中力竭聲嘶地把快樂貶得一無是處，這麼一來，一旦他們把別人全都嚇跑，自己便可獨享歡樂了。我倒希望他們告訴我，要不是你把愚神的調味品——「快樂」加進生活中，人生怎能沒有沉悶、煩惱、粗野、愚蠢和單調？我從索福克里斯[19]的作品中可以得到充分的證明。他是一位怎麼頌揚也不為過的詩人，而他用了光輝燦爛的詩行來歌頌我：

無知是最幸福的生活。

13

首先，人盡皆知，人之初乃一個人最幸福，也是普遍最感快樂的時期。難道不正是嬰孩天真無知的可愛，使得我們去抱他們，吻他們，逗著他們玩嗎？在這個時期，甚至敵人也會幫助他們。毫無疑問，正是愚蠢的魅力！體貼入微的「自然」，留心地將此魅力賦予新生兒，這一來，新生的嬰兒便能用快樂來回報和安慰那養育的辛勞，並贏得那些照顧他們的人的歡心。接踵而來的是青少年時期，所有的人對此都感到快樂，公開地加以支持，熱情地給予鼓勵，熱烈地伸出援助之手。這種青春的魔力要不是從我身上得到，還能來自何方？我保證讓青年不會有太多的學識，因而皺眉、蹙額也就少見。青年一長大成年，從切身的體驗和教育中產生出一種成年人老練的意識，青春美麗的花朵立刻開始黯然失色，熱情也告衰退，興高采烈的氣氛冷卻下來，精力變得鬆鬆垮

19 索福克里斯（Sophocles, 496?–406 BCE），古希臘三大悲劇詩人之一。

垮——實際情況便是這樣。任何人離我越遠，也就越缺乏生氣，直至「痛苦的老年」到來，種種煩惱與疾病也隨之而至。這不但對別人是厭煩之事，對自己也復如此。

要不是我出於同情，對老人那含辛茹苦過日子的情況加以照顧，呆在他們身邊的話，那日子是很難挨下去的。一如故事中眾神用某種奇妙的變形術幫助行將就木的人那樣，我讓那些風燭殘年，走近墳墓的人盡量再度回想起童年的日子，從而表現出一種自然傾向——「返老還童」。如果你們當中有誰對我這種轉變的方法感興趣，我很樂意奉告。屬於我那名為「遺忘」的寧芙仙女的泉流，其源頭出自「神佑群嶼」，流過地獄的那個部分，只不過是它分出的涓涓細流。我把老人們帶到那兒，他們一旦喝下幾大口遺忘河之水，心頭的煩惱憂慮便一洗而光，於是又回到少年時代中去。我知道，人家稱他們為愚蠢，情況確實如此，不過這正是返老還童的確切含意所在。回到童年除了愚蠢之外還能是什麼呢？正是完全無知，我們才發現其樂融融。任何人都憎恨早熟神童，厭惡在年輕的肩膀上長出個老人的頭顱。有句常用的諺語可以為證：「少年老成誠可憎。」要是一個老人處事的豐富經驗和少年那依然精力充沛、判斷力敏銳的頭腦配在一起的話，有誰願意繼續和這麼個人共事、打交道呢？因此，我讓老年人變得糊塗愚蠢，反而可使他免去往日頭腦健全時所感到的種種煩惱憂慮。他同時還可以成為另人愉快的酒友，讓你的生活不會感到無聊乏味。（須知生活若無聊乏味，血氣方剛的年輕人是無法忍受的。）有時他像普勞圖斯[20]作品裡的老人，重又回到AMO——「我在愛」這三個特別字母上去，可是，如果他的頭腦仍然清醒機警，那就絕不會有什麼幸福。

與此同時，由於我替他出了點力，做了點事，他成了個有福氣的人，很得朋友們歡心，甚至給聚會增添了活躍的氣氛，成為受歡迎的座上客。在荷馬的作品裡，老涅斯托爾口中流出了比蜜還甜的話語，而阿基里斯的語言卻帶苦味[21]；也是這位詩人寫到，坐在特洛伊城牆頭的老人們用「像百合花般甜蜜」的聲音交談

20 普勞圖斯（Plautus, 254–184 BCE），古羅馬喜劇作家。

21 涅斯托爾（Nestor），特洛伊戰爭時希臘的賢明長者。阿基里斯（Achilles），出生後被其母親握腳踝倒提著在冥河水中浸過，因此除未浸到水的腳踝外，渾身刀槍不入。

著。這方面估計老年甚至勝過童年，因為童年雖快樂，但口齒不清，不善於表達，缺乏人生的主要樂趣——交談，再交談。這裡還應附帶指出，老人總是為兒童所喜愛，而兒童也為老人所愛——

因為天神總是這樣使物以類聚。[22]

他們之間除了老人臉上的皺紋多，過的生日的數目多之外，又有什麼分別？別的方面他們都非常相似：淺色的頭髮，沒有牙齒的嘴巴，弱小的身材，喜歡吃奶，喋喋不休扯些什麼，傻呼呼的樣子，健忘、遲鈍，一切都很相似。人們越走近老年，就越回到貌似童年的日子，在了結一生之前，又再像孩提那樣，既不厭倦生活，也不知死之將至。

14

誰要是願意，可以把我這方面的奉獻拿來和其他諸神所導致的變化作一比較。至於他們在憤怒中做出的事，我不打算細加描述，不過諸神連在格外樂於助人之時，也往往有這麼一種習慣，就是把人變為一棵樹，一頭鳥，一隻蚱蜢，甚至一條蛇——不管變成別的什麼，歸根到底不是等於要死亡嗎？可是我現在卻把一個人原原本本回歸到他一生中最美好、最幸福的時光中去。如果那些終究難免一死的人，往後無需與智慧打交道，整天只和我相處，就再也沒有什麼老年，而這些人也可以享受永恆的青春年華之樂了。你一定見過一些人，他們因一頭埋進哲學研究或嚴肅而艱難的工作之中而悶悶不樂，未老先衰。我想這是因為吸引他們全神貫注的事業和過分的緊張，慢慢地耗盡了他們的精力和生氣。對比之下，我那些愚人卻都一個個豐滿、壯健、紅光滿面，一如他們所說的，是典型的「阿

22 《奧德賽》（*Odyssey*）17.218。

卡納尼亞肥豬」[23]。他們除非從聰明人那邊染上傳染病，否則是絕不可能知道老年會有什麼不稱心如意之事的。然而，人不可能對全部生活都感到幸福。

人們常引用一句通俗的諺語來進一步證明這點：「只有愚蠢能阻住青春逃逸，擋住無情的老年前進。」人們談及布拉邦[24]人的情況時說得很有道理：對其他人來說增年即增智，可是布拉邦人卻是越接近老年越愚蠢。與此同時，世間沒有人像他們那樣，相處之時其樂融融，或者說，日趨老大而不傷悲。我的荷蘭人與布拉邦人相近為鄰，生活方式如出一轍，所以我怎能不把荷蘭人稱為自家人呢？他們對我的崇拜無以復加，以致得到了「愚人」這個遠近皆知的綽號，對此他們根本不以為恥，還反以為榮。你們去吧，你們這班必有一死的愚人，去找美狄亞、喀耳刻、維納斯和奧羅拉吧[25]，去找那種可用來讓你們返回到青春年華的泉水吧！不過，只有我才能提供這種力量並做到這一點。我手裡掌握著有魔力的靈丹妙藥，門農的女兒正是用了它來延長她祖父提索奧努斯的青春年華[26]。由於維納斯的青睞，法翁[27]又變得年輕，受到莎芙的鍾愛。這個維納斯就是我。我的靈草（如果有的話），我的魔法，不但恢復失去的青春，而且能使青春永駐。我相信你們都同意，世上沒有什麼比青春更美好，比老年更令人厭惡，你們將會明白，應該感謝我給你們帶來這般幸福，並驅除這般災難與苦痛。

15

不過，我為何一直談論人類呢？讓我們仔細觀察一下天界吧，那些令人感到愉快、喜悅的眾神中，哪個不是承蒙我的神力才免於醜陋可鄙？誰要是講得出來，可以點著我的名字罵我。酒神巴克斯為什麼是個披著散亂頭髮的孩子？毫無

23 阿卡納尼亞（Acarnania），古希臘地區名，「阿卡納尼亞肥豬」為古希臘諺語。

24 布拉邦（Brabant），中世紀歐洲的公國之一，其領土今於比利時和荷蘭境內。

25 美狄亞（Medea），希臘神話中神通最廣大的女巫。喀耳刻（Circe），荷馬史詩《奧德賽》中的女巫。奧羅拉（Aurora），羅馬神話中的曙光女神。

26 門農（Memnon），希臘神話中衣索比亞人之王，特洛伊戰爭中為阿基里斯所殺，後由宙斯賜予永生。提索奧努斯（Tithonus），特洛伊的創建人。

27 法翁（Phaon），船夫，曾免費載運打扮為老婦的維納斯。維納斯於是把他變為美男子，以表謝意。

疑問，這是因為他沒有責任感，整天醉醺醺的，一輩子都在宴會和舞會上混日子、唱歌、狂歡作樂，不跟智慧女神雅典娜打交道。其實他根本不願意被認為是個賢人，只要用歡樂和玩笑來奉承他，他就感到興高采烈了。他也不介意人們給他起個意思是「愚蠢」的名字——即希臘諺語「比莫利庫斯更愚蠢」[28]。他的名字之所以被改成莫利庫斯，是因為鄉下人在狂歡活動之時，用新釀葡萄酒和新鮮的無花果塗抹在酒神神廟入口處的坐像上，以供取樂。只要想一想古代喜劇中對他的嘲弄就清楚了！他們說：「愚蠢的神呀，你是從大腿上生下來的那一類。」不過比起那普遍令人感到畏懼的朱比特，或者那個突然驚慌失措，弄得到處一片混亂的老牧神潘，或是在打鐵場做工，經常弄得滿身黑垢的伏爾甘，甚至那個用戈爾貢[29]的頭、長矛以及「死盯著人的可怕眼神」給人帶來恐怖的雅典娜女神本人——和所有這些神比較起來，誰不願意成為這個永遠年輕、愉快、給大家帶來歡樂、無憂無慮的愚昧之神呢？為什麼丘比特始終是個孩子？只不過因為他愛開玩笑，說的想的都不是「正經事」。為什麼金光燦爛的維納斯的美貌、青春永駐？毫無疑問，這是因為她和我血脈相通，從我的父親那邊獲得她的肌膚顏色。

荷馬之所以稱她為「金色的阿芙蘿黛蒂」[30]，原因在此。此外，如果詩人或詩人的仿效者——雕刻家——是可以相信的，那麼，維納斯總是面帶微笑。有誰比芙蘿拉[31]這個快樂之母受到羅馬人更虔誠的崇拜，供奉為神呢？如果有誰想向荷馬或其他詩人尋根究柢，追問那些格外嚴厲的神是怎樣生活的，那他準會發現，到處都是愚昧之神。我不以為有必要進一步探究其他諸神的行為，因為你們都十分清楚，朱比特這個主宰雷電之神本身的風流韻事和出格的行為。甚至那個忘記自己的性別，沉迷於狩獵的純潔的黛安娜，也為恩底彌翁神魂顛倒[32]。我只希望他們還能像往日那樣，希望能聽見他們的所作所為受到摩墨斯的嘲笑，但不久之後他們便大發脾氣，把他和阿忒扔下人間[33]，因為是摩墨斯總是不合時宜地使出他

28 莫利庫斯（Morychus），意為骯髒，是酒神巴克斯的綽號。
29 戈爾貢（Gorgon），希臘神話中的蛇髮女妖，人見之立即化為頑石。
30 《奧德賽》8. 337。
31 芙蘿拉（Flora），羅馬神話中的花神。
32 黛安娜（Diana），羅馬神話中月亮和狩獵女神。恩底彌翁（Endymion），希臘神話中月神所愛的青年牧羊人。
33 摩墨斯（Momus），希臘神話中嘲弄與非難指摘的化身。阿忒（Ate），希臘神話中惹人輕舉妄動的女神，後被視為懲罰或復仇女神。

那一針見血的絕招，把諸神無憂無慮的歡樂搞成亂七八糟。世上沒有一個人願意接待被放逐者，根本談不上——在我的侍女「諂媚」占優越地位的王公宅第裡，根本就不會有摩墨斯的立足之處。他無法與「諂媚」相處，就像狼無法與羔羊相處那樣。由於諸神甩掉了他，所以現在他們玩笑開得更加有滋有味，更加隨心所欲，一如荷馬所說的：「過著放蕩不羈的生活」，再也沒有人用銳利的目光盯著他們了。無花果林神普里阿普斯[34]有什麼玩笑開不得呢？墨丘利[35]正忙於施展各種詭計，用熟練手法偷雞摸狗。伏爾甘也總是在諸神的宴席上扮演小丑，走起路來瘋瘋癲癲，說起話來胡扯連篇，或者講些滑稽可笑的事，以此逗樂夥伴。這裡還有那個好色的老西勒努斯，他總是猥褻地和波利菲莫斯跳著「寇達斯舞」，而寧芙仙女跳的則是「跣足舞」。半羊半人的森林之神則在表演「亞提拉鬧劇」，牧神潘則使出吃奶的勁頭歌唱，逗起大家大笑[36]。眾神喜歡聽他唱歌勝過聽繆斯，尤其是當眾神飲用的瓊漿玉液開始汩汩奔流之際。在這裡我還用說眾神喝醉、宴會結束之時會做些什麼嗎？此類荒唐事時常讓我都忍不住要為之放聲大笑。這時最好是仿效哈爾波克拉特斯[37]這位沉默之神，默不作聲，免得帕那索斯山上的寧芙仙女科律喀亞也聽到我們在談論摩墨斯私下向我們吐露的事情。

16

不過現在是我們像荷馬那樣，離開天上眾神，回到地上落腳一段時間的時候了。同樣的，除非我伸出援手，促成歡樂，在地上我們也不會有任何歡樂與愉快。特別是你們會注意到，「大自然」這個人類的母親和創造者是多麼聰明，她保證要使到處都不乏點愚蠢的氣味。按斯多葛派的定義，聰明意為只遵循理智指導，而愚蠢剛好相反，聽從感情擺布。因此朱比特不願見到人類的生活完全陷入

34 普里阿普斯（Priapus），酒神和愛神之子，男性生殖力之神，也是果園、釀酒和牧羊人的保護神。

35 墨丘利（Mercury），羅馬神話中眾神的信使，司商業、手工技藝、智巧、辯才、旅行以至欺詐和盜竊的神。

36 西勒努斯（Silenus），希臘神話中酒神狄俄尼索斯的養父和師傅，也是森林諸神的領袖。波利菲莫斯（Polyphemus），希臘神話中的獨眼巨人。寇達斯舞（Cordax），古希臘一種淫蕩的面具舞蹈。亞提拉鬧劇（Atellan Farces），公元前三世紀末羅馬盛行的小丑劇。

37 哈爾波克拉特斯（Harpocrates），他的形象是有一隻手指按在嘴上，象徵著沉默，所以成了沉默之神。

憂鬱低沉、冷酷無情，於是把遠多於理智的感情賦予人類——你可以算出兩者的比例是一比二十四。再者，他把理智限制在頭腦的狹小角落裡，而讓感情囊括身體的其餘部分。接著，他把兩個狂怒的暴君拿來和孤零零、無力的理智相對比：憤怒支配著胸膛，因而控制著心臟，也即生命的源泉所在，而淫欲則將其帝國領土擴張得既遠且寬，直達下腹。理智比起這兩股聯合力量到底是否占有優勢，看看人類的日常生活就會十分清楚。理智只能做一件它辦得到的事，那就是聲嘶力竭地敦促人們要按道德準則行事，可另外那兩個卻叫理性別管閒事，並不斷喊叫吵鬧，最後弄得它們那名義上的統治者精疲力竭，只好認輸，投降了事。

17

但由於男人天生就是要來管理事務的，所以必須配給他一點理智，就那麼一點點理智。朱比特為了在這件事上盡量幫助男人，於是就像他在別的場合裡所做的那樣，跑來向我請教。我也準備了一點與我的為人相配稱的勸告：朱比特應該給男人創造個女人，一個雖然公認為既愚且莽的造物，但仍然是個令人歡樂、愉快的伴侶，她可以和他共同生活，用她的愚蠢把他那嚴酷的性格調配得更有味道，更加甜蜜。柏拉圖顯然拿不定主意，到底應該把女人擺在理性動物之列，還是沒有理性的牲畜之中，其用意在於指出女性的無比愚蠢。一個女人要是真的想要人家把她當成聰明人，那她得到的只是加倍的愚蠢。他們說，這就像一個人若讓一頭牛參加摔跤比賽，那就別希望會得到密涅瓦的首肯和支持。想靠塗塗抹抹，喬裝打扮，背離其本性，結果只能使缺點倍增。希臘有句諺語說得好：「猴子就是猴子，披上紫袍仍然是猴子」——女人就是女人，不管她戴上什麼樣的面具，仍然是愚人。

但我不以為女性會愚蠢到因為我說她們是愚人便遷怒於我，須知我就是愚蠢之神，也是個女神。如果她們正確地看待問題就會明白：正是由於她們愚蠢，使得她們在許多方面比男人更加幸福。首先，她們有天賜之美，並正確地將其置於一切之上，須知美貌確保她們權柄在握，可使暴君俯首帖耳，唯命是從。此外，鑑於女人一直都是雙頰光滑、聲音溫軟、肌膚柔潤，看上去青春永在，所以男人那副不整潔的容貌、粗糙的皮膚、蓬亂的鬍子，加上老年所有的特徵，顯然全都來自聰明反被聰明誤的影響無疑了。再者，女人此生此世除了給男人以最大的歡樂之外，還有別的什麼期求呢？所有的化妝、沐浴、髮型，以及各種脂粉香水，還有對面孔、眼睛和肌膚的塗抹、打扮等名目繁多的技藝，難道目的不是為了向意中人獻殷勤嗎？女人贏得男人的歡心最關鍵之處莫過於她們的愚蠢。男人沒有什麼捨不得給女人的，而他除了從女人那得到快樂之外，別無他求，不過，也正好是她們的愚蠢才讓男人快樂。一個男人和一個女人在說蠢話，而這個男人為了享受她所給予的快樂便做出蠢事來——誰只要注意到這一點，便無法否認我上面所說的乃屬真理。因此，你們便懂得人生居首位的快樂之源是什麼。

18

然而，有一些人，特別是老人，他們沉湎於酒杯甚於女色，認為樂莫過於與酒徒結伴。關於與酒徒結伴而無女人在場是否仍能悅目娛心，我得要讓別人做出決斷，但有件事是確定無疑的，那就是聚會結伴不加點愚蠢來調味便無樂趣。實際上，要是酒席上沒有人用他的愚蠢（不論是真是假）來引起哄堂大笑，他們就得花錢雇個「小丑」，或請來個荒謬可笑的食客，讓他們用可笑的話語——也就是愚蠢、說三道四的胡扯——把大伙兒的沉默寡言和鬱鬱不樂一掃而光。要是眼之所見，耳之所聞，心之所感全都沒有笑談、戲言與妙語，那麼縱使肚子裡填滿了各色各樣的佳肴美品、山珍海味又有什麼意思呢？可是一旦情況真的到了其美如蜜之時，我可正是創造出這技藝的唯一能手。宴會上一切常見的儀式，例如抽籤選王、擲骰子、舉杯祝健康、行酒令、手執愛神木枝歌唱、跳舞、演滑稽角色——所有這些並不是希臘七賢所發明，而是我為了人類的幸福而創造出來的。所有這類事情的性質在於：它們越愚蠢就越豐富人生，因為如果人生沒有歡樂，似乎就根本不配稱為人生。但人生往往不得不在悲哀中了結，除非你能找到這種愚蠢的歡樂，才能把和人生糾纏得難分難解的煩惱打發掉。

19

但是，可能會有這麼一些人，他們不喜歡這種類型的快樂，而是在友情與友誼中得到滿足。他們經常掛在口頭上的說法是「友誼必須置於一切之前」。它甚至比空氣、火和水更加不可或缺，友誼是如此令人心曠神怡，一旦人間失去友誼，便如失去太陽（如果這之間真有相關的話）。最後，友誼被推崇到這樣的程度，甚至哲學家也毫不猶豫地把友誼列入最高的賜福之中。這裡我可以證明：在這最高的賜福之中我既身處其首，又處其尾。對此我將給予論證，但用的不是詭辯法、連鎖推理法，也不是任何邏輯論證的奧妙推理——不，我只需用所謂正確的常識，便能確切地指明給你們看。試想想看：要是你們對自己朋友的缺點假裝沒有看見，把它忽略過去，視而不見，增強幻想，把明顯的缺點當成優點來愛、來讚美，難道所有這一切不是事關愚蠢嗎？有的男人拚命吻他情婦的痣；有的則被他愛人鼻頭上的息肉迷得神魂顛倒；有的父親樂滋滋地談起他那個眼睛斜視的兒子，說他只是在眨眼示意——這些算什麼？請你說說看，難道不是地地道道的愚蠢？讓我們一而再，再而三地反覆說：這就是愚蠢，正是這種愚蠢創造出友誼，並使朋友結合在一起。

我現在談的都是一般人，他們裡面沒有一個是生來就無缺點的，其中最優秀的人無非就是缺點最少罷了。但在那些被奉若神明的斯多葛派哲學家裡面，要麼根本成不了友誼，要麼就是友誼只不過是極少數人中酸腐乏味的關係。我不願說，這裡根本就沒有友誼，因為大多數人都有其愚蠢的時刻，或者更確切點說，每個人都以各種各樣的方式表現其失去理性之處，而友誼則使氣味相投者聚首一堂。即使這些嚴肅的人物中間出現了某種互相友好的親善之意，也肯定無法穩定下去，難以恆久不變。只要一發現他們都是那麼吹毛求疵，便能清楚認知到他們的眼睛比鷹隼和埃皮達魯斯蛇[38]更加銳利，一直在尋找「朋友」的錯誤和缺點。當然，他們對自己的錯誤一概視而不見，對掛在背後、裝著自己缺點的袋子也看不見。看來任何人生來都容易犯大錯誤。而人生有著千差萬異的性格和興趣，以及各色各樣的失誤、錯誤和事故。因此，在那些明眼人裡面要是不增添點希臘人所謂的「敦厚的本性」（Εὐήθεια）——這個詞我們也可譯為「愚蠢」或「隨和」——那麼，友誼之樂恐怕連一小時也無法維持下去。此外，那個負責建立各種情誼關係的丘比特自己，難道不是完全盲目的嗎？由於這個原因，在他看來「醜如同美」。因此他使你們每個人也得到自己所擁有的美，所以老頭子愛自己的老婆子，就像小伙子愛自己的年輕女伴那樣。這種事隨處可見，並且碰到的都是笑臉相迎，不過，這倒是一種社會裡面起凝聚作用，並為人生帶來幸福的愚蠢荒謬行為。

38　希臘英雄兼醫神阿斯克勒庇俄斯（Asclepius）的神殿位於埃皮達魯斯（Epidaurus），而他的象徵是一條蛇，時常盤繞在他的拐杖上。

宴會上一切常見的儀式……所有這些並不是希臘七賢所發明，
而是我為了人類的幸福而創造出來的。
所有這類事情的性質在於：它們越愚蠢就越豐富人生，
因為如果人生沒有歡樂，似乎就根本不配稱為人生。
但人生往往不得不在悲哀中了結。

20

上面我所說的友誼道理，更適用於白頭偕老的婚姻。天啊！如果夫妻間的家庭關係沒有獲得我那些追隨者所提供的說恭維話、開玩笑、獻殷勤、存幻想和施詭計等的支持和維護，那麼到處會發生什麼樣的離婚事件或比離婚更糟的事呢？哎呀，要是新郎細心地調查，知道了他們看上去純潔無瑕的未婚妻在婚前很長的時間做了些什麼輕浮的蠢事，恐怕就不會有那麼多的婚禮舉行。一旦丈夫留心觀察，沒有因為粗心大意或愚蠢而未注意到妻子的行為，恐怕不會有那麼多的婚姻能維持下去。因為正好是愚蠢使得妻子在丈夫眼裡美麗動人，而丈夫在妻子看來也復如此，這一來家庭充滿祥和的氣氛，而夫妻的關係也持續下去，所有這一切全可歸功於愚蠢。一個丈夫吻掉他不貞的妻子的眼淚時，他被人譏笑，說他戴上綠帽，是條可憐蟲以及別的什麼，不過，比起沒完沒了地為妒忌所苦，顯出一派悲劇的勢頭，萬念俱灰，他這樣受騙要好得多！

21

總之，任何交往或聯姻少了我就不會有幸福，不會有穩定。除非大家相互間偶爾存在著幻想，說點恭維話，有意視而不見，用其甜如蜜的愚蠢使自己的生活變得更加愉快，否則人民無法容忍統治者，僕人無法忍受主人，侍女無法對主人忍氣吞聲，學生無法容忍老師，朋友忍受不了朋友，妻子無法忍受丈夫，房客無法忍受房東，士兵忍受不了同袍，而社交上來往的客人也無法忍受其同事。我猜想，你們大概以為這是決定性的最後論據，不過，要知道下面還有更重要的事。

22

現在，請你告訴我，一個憎恨自己的人還能夠愛別人嗎？一個自己內心四分五裂的人，還能跟別人和睦共處嗎？或者說，一個和自己過不去的人，還能給別人帶來歡樂嗎？我想誰也不會說他能夠，除非這個人比愚神更愚蠢。的確，若是把我給去掉，便會誰也無法容忍自己的鄰居，甚至自己厭惡自己，覺得周圍的一切全都可厭可惡。個中原因是：在許多方面與其說自然女神是親娘，不如說她是繼母，在凡人的心裡播下了邪惡的種子，尤其是在那些更富於思想的人的心裡，這使得他們對自身的命運深感不滿，而對別人的命運又滿懷妒忌。人生的好處本應增添迷人的魅力，這一來卻反而遭到損害，毀於一旦。美乃諸神最高的禮物，要是讓腐敗的爛瘡給汙染了，那還有什麼美好可言？再說青春，要是它受到歲月增長的痛苦折磨與損害，那還能算得上什麼美好？最後，在人的一生中無論對人對己，任何事情要能做得通情達理（因為「通情達理」不只是一項技藝，更是一切行為的準則），不是都必須心懷「自負」以自助嗎？在任何情況下「自負」都能迅速代我行事，所以她毫無疑問地可以稱為我的姐妹。有什麼比自鳴得意和自愛更加愚蠢呢？如果你不自鳴得意，怎麼會做出令人愉快、歡樂或通情達理的行為呢？你試著看，要是把人生的這種風趣去掉，雄辯家連同他的手勢立刻變成一看就生厭的東西，音樂家的聲調無人喜歡，演員和他的演技會被噓下臺，詩人連同繆斯女神成為笑柄，畫家連同他的作品被視為毫無價值，醫生在四周皆藥物的環境中餓死。最後，你看上去就像是醜陋的瑟爾賽特斯或老涅斯托爾，而不是漂亮的尼留斯[39]和年輕的法翁；是一頭豬而不是密涅瓦；是個不會說話的兒童兼鄉巴佬，而不是個口才流利的文明人。上面的情況表明，一個人在贏得別人尊敬之前，非常需要對自己有個較高的評價，以振作精神，贏得自尊。同時，由於幸福在極大程度上包含在你的自我滿意之中，所以我的「自負」便為達到此目的提供了一條捷徑，辦法是保證任何人都不會對自己的容貌、性格、種族、地位和生活方式產生不滿的情緒。也正因這樣，沒有一個愛爾蘭人會想到要和一個義大利人易地而居，也沒有一個色雷斯人想要和雅典人交換，沒有一個斯基提亞[40]人想要和神佑群嶼上的居民調換住所。自然具有多麼非凡的先見之明，整平了千差萬別的東西，使萬物變得等同！凡是自然不願施加恩賜之處，她一般說來便會多給點「自負」——不過，我說這話真愚蠢，須知「自負」是自然的最大恩賜。這時我

39 尼留斯（Nireus），特洛伊戰爭中，希臘士兵中的第一美男子。荷馬認為他是阿基里斯之後最俊美的希臘人。

40 斯基提亞（Scythia），古代歐洲東南部以黑海北岸為中心的一個地區，被認為是荒涼貧瘠的地帶。

還得再添上句話：你將會發現，要是少了我的鼓舞激勵，就成不了大事；除非我承擔起責任，否則人類發現不了新的技藝。

23

在所有贏得讚揚的功績裡面，難道戰爭不正是其種子兼根源嗎？可話又說回來，比起為了某種原因便發動一場此類搏鬥，還有什麼事更加愚蠢呢？須知戰爭對雙方都是害多益少的。那些戰死疆場的人皆與墨伽拉人無異[41]，全都「名不見經傳」。當身穿鎧甲的戰鬥行列互相對抗，號角「發出刺耳的怒號聲」時，我想問你，那些埋頭苦研，弄得筋疲力盡，幾乎已呼吸無力、血氣衰竭的哲人有什麼用呢？這裡最需要的是一些體魄強壯堅實，膽大敢為而又最不動腦筋的人。當然，有的人可能更喜歡像狄摩西尼那樣的士兵——他接受阿爾基羅庫斯的意見[42]，幾乎還沒有看見敵人便棄盾而逃。他在戰鬥中膽小的程度，一如他演講術的精湛程度。人們說，判斷力在戰爭中至關重要，我對此表示同意，認為判斷力對一個將軍來說確屬重要，不過，這是戰士的判斷力而不是哲人的判斷力。此外，使人獲得戰爭榮譽的是一些寄生蟲、皮條客、強盜、殺人犯、土包子、笨蛋、債務人和社會渣滓之類，而不是焚膏繼晷的哲人。

24

要說明這類哲人在任何生活實踐中全都一無用處，蘇格拉底本人便是個絕佳的例子。根據德爾菲神諭[43]，他是舉世無雙的賢人。可是在神諭的評價中卻

41 墨伽拉（Megara），希臘塞隆尼海灣沿岸歷史悠久的居民區。墨伽拉居民在競技時常問神諭能得到何等成績。神諭總是回答道：「墨伽拉人上不了名次。」

42 狄摩西尼（Demosthenes, 384–322 BCE），古代希臘政治家、雄辯家，曾號召雅典人民進行長期反對馬其頓侵略的鬥爭。公元前三三八年在喀羅尼亞戰役中，城邦同盟慘遭敗北，一與馬其頓軍隊相對峙，便棄盾而逃。阿爾基羅庫斯（Archilochus），活動時期公元前七世紀，希臘諷刺詩人。

43 德爾菲神諭（Delphic oracle），德爾菲是古希臘最重要的阿波羅神殿所在地，古希臘人認為這裡是世界中心。

顯出他缺乏智慧，因為蘇格拉底曾一度在大庭廣眾中想說點什麼，卻因大家哄堂大笑而不得不中斷講話。不過，他這個人有時卻聰明到家——他拒不接受「賢明」這個稱號，認為這應當歸神所有。他還持有這麼一種看法，認為賢人應當避免參與政治。也許他還應當走得更遠些，該去勸告任何一個想被視為堂堂正正的人別跟智慧沾邊。然而，不正是他的智慧逼得他在遭受審問之後非去飲毒不可嗎？他在對煙雲和觀念進行哲理推究，測量蚤腳的長度並為小蚊蟲發出的嗡嗡聲感到驚異的時候，卻對尋常世事卻一無所知。我必須說，他的弟子柏拉圖是一個非常傑出的辯論者，在老師面臨死刑之際站在他一邊進行辯護，當時群眾叫喊之聲四起，弄得他不知所措，原來想要發表的意見，好容易才說出了一半。我對泰奧弗拉斯托斯[44]又該說什麼呢？當他跨步向前走，打算發表意見時，突然愣住了，啞口無言，像是見到豺狼似的。伊索克拉底在戰爭期間本應出來鼓舞士氣，可是他生性膽怯怕事，所以連開口都沒有膽量。西塞羅[45]這位羅馬雄辯術之父，總是在一種不適當的激動情緒中，像個打嗝的孩子站起來發言。昆體良[46]對此進行解釋，認為這是聰明的雄辯家意識到他在冒險的一種標誌，可是，他這麼說時，難道不是公開承認智慧是成事的障礙嗎？要是人們由於不得不進行舌戰便害怕得氣息奄奄，那麼，一旦問題需要靠刀劍解決，他們又該怎麼辦呢？

除此之外，柏拉圖的一句名言常為眾人所津津樂道：「要是哲人是君王，或君王是哲人，這樣的國家該有多麼幸福！」[47]不過，如果你翻閱一下歷史，便會清楚，一旦權柄落入對哲學淺嘗輒止或對文學如痴如醉的人手中，這類統治者就會把國家糟蹋到無以復加的程度。兩個加圖[48]的情況，我認為足以充分證明這一點。其中一個大發狂言，擾亂了共和國的和平，另一個則試圖以捍衛羅馬人民的自由顯出自己的聰慧機智，但實際卻把自由徹底毀掉。接下去的有布魯圖斯和卡修斯一類

44 泰奧弗拉斯托斯（Theophrastus, 372?–287? BCE），古希臘逍遙學派哲學家。
45 西塞羅（Cicero, 106–43 BCE），古羅馬政治家、演說家和哲學家。
46 昆體良（Quintilian, 35?–96? CE），古羅馬修辭學家、教師。
47 柏拉圖（Plato, 427–347 BCE），古希臘哲學家。這裡典出其所著《理想國》第五卷。
48 老加圖（Cato Maior , 234–149 BCE），古羅馬政治家、作家，曾任執政官、監察官等職，維護羅馬傳統。小加圖（Cato Minor, 95–46 BCE），古羅馬政治家，老加圖的曾孫，斯多葛派哲學信徒，支持元老院共和派。

人，有格拉古兄弟[49]，甚至還有西塞羅本人，他給羅馬共和國帶來的災難，一如狄摩尼西帶給雅典的災難一樣。至於馬可・奧理略[50]，眾人姑且承認他是個好皇帝，但我仍然可以說他不配這一榮譽，理由是：他在自己的臣民中不受歡迎，恰好因為他是個十足的哲人。即使承認他是個好君王，但毫無疑問，他留下了那麼個兒子，因而給羅馬造成的禍害超過了他治國有方帶來的益處。實際上，這類專心致志於研究智慧的人，總是做什麼事都倒楣透頂，尤其在傳宗接代的問題上更加如此；我猜想，這是因為「大自然」想要保證智慧的禍害不會謬種流傳吧。也正因為這樣，眾所周知，西塞羅生下了個墮落的兒子，而有人把話說得相當巧妙，認為偉大哲人蘇格拉底的孩子們「肖其母甚於其父」，意思是說，他們都是些蠢材。

25

要是這些人只在公共事務中扮演著「驢子面對豎琴」的角色，而不是在日常生活的每件事上都顯得十分無能，那麼人們對此不管怎麼說還是會容忍的。你不妨請一位賢人就餐，準會見到他不是一言不發，悶悶不樂，就是提出一些惱人的問題。你還可以請他跳舞，到時你準會見到一頭駱駝昂首挺胸，高抬腳跟地既舞且蹈。要是你把他硬拉去參劇院看戲，光是他那副臉孔就足以把觀眾的興致一掃而光。他要是無法讓自己那副陰沉沉的臉色收斂起來，就得像賢人卡圖那樣，被迫離開劇場。如果他湊進來參加談話，突然間，就會像寓言裡面說的「狼來了」。如果需要去買點東西、安排點什麼事，或者處理任何一件不做就無法過日常生活的事情，在這種情況下，你只能把賢人叫做傻瓜，而不是人。他對自己也

49 布魯圖斯（Brutus, 85–42 BCE），羅馬貴族派政治家，刺殺凱薩的主謀者之一，後逃希臘，集結軍隊對抗安東尼、屋大維聯軍，戰敗自殺。卡修斯（Cassius, 85?–42 BCE），古羅馬將領，刺殺凱薩的主謀者之一，後組織共和軍反抗「後三頭政治」，被安東尼擊敗，自殺。格拉古兄弟，指提比略．格拉古（Tiberius Gracchus, 163–132 BCE），古羅馬政治家，公元前一三三年任保民官。其弟蓋約．格拉古（Gaius Gracchus, 153–121 BCE），推行其兄所提出之土地法，並提出多項制約元老院的改革法案，引起與貴族派的武裝衝突，自殺身亡。

50 馬可．奧理略（Marcus Aurelius, 121–180 CE），羅馬皇帝，新斯多葛派哲學的主要代表，宣揚禁欲主義和宿命論，著有《沉思錄》（*Meditations*），死於軍中。其子康茂德（Commodus, 161–192 CE）被視為暴君，結束了帝國五賢君時代的繁華。他遇刺身亡後，羅馬帝國便陷入了一連串混亂的內戰之中。

好，對國家或家庭也好，都不可能有任何用處，原因在於他對生活世事一無所知，而與世人的正常想法和通常做法也相去甚遠。這一來，他也不為人所喜歡，個中原因是在世俗的生活與他的心智之間橫著一道巨大的鴻溝。因為在這個世界上沒有一件事不是由愚神的愚人做出來的蠢事。任何一個人如果想要跟其餘的人作對，那我倒要請他帶頭學習提蒙[51]，到荒野中去，在那裡，他可以在孤獨中享受自己的智慧。

26

還是話歸原題吧，讓我們舉出那些出自於山林之中的人為例——到底是什麼力量把他們帶進文明社會？要不是些恭維話還能是什麼呢？這也就是安菲翁和奧菲斯[52]的豎琴的意義所在。當羅馬暴民密謀暴動之際，到底是什麼使他們重歸平靜呢？難道是哲人的演講嗎？絕非如此。那則有關胃和身體其他部位關係的荒唐、可笑的故事[53]是編造出來的。地米斯托克利講過一個有關狐狸和刺蝟的類似故事[54]，也產生同樣的效果。有哪個賢人的話能和塞多留那頭虛構的白鹿[55]有同等效果，或者與著名的斯巴達人和他的兩隻狗的虛構、可笑軼事，以及拔馬尾毛的故事[56]相當呢？更不要說米諾斯和努瑪[57]了，他們兩人都是靠異想天開、編造出來的故事來統治愚蠢的暴民。正好是這類荒謬絕倫的東西使得那強而有力的巨獸服服帖帖，而這巨獸就是普通老百姓。

51 提蒙（Timon, 320–230 BCE），古希臘哲學家和文學家，懷疑論者。

52 安菲翁（Amphion），希臘神話中宙斯之子，以七弦豎琴的魔力築成底比斯城牆。奧菲斯（Orpheus），希臘神話中的詩人兼歌手，善彈豎琴，彈奏時猛獸俯首，頑石點頭。

53 相傳在羅馬第一次平民脫離運動（495–493 BCE）時，執政官阿格里帕（Menenius Agrippa）於一次演說中將羅馬比喻為人體，貴族為胃、平民為其他部位，若身體不提供胃養分，胃不動，其他部位也會隨之衰弱，藉此說服平民結束分離。

54 地米斯托克利（Themistocles, 527?–460? BCE），古雅典執政宮，當雅典人反對徵稅時，他勸阻說：「狐狸不會用刺蝟去驅除吸血蠅蟲。」

55 塞多留（Sertorius, 123?–72 BCE），古羅馬將領，在西班牙建立元老院，反叛獨裁官蘇拉（Sulla, 138–78 BCE），據說塞多留告訴西班牙人白鹿象徵他能夠通神。

56 斯巴達人用訓練過和沒訓練過的狗比喻教育的作用，並用一根根拔馬尾毛比喻要各個擊破。

57 米諾斯（Minos），希臘神話中克里特島之王，秉公治國，死後為陰曹地府三法官之一。努瑪（Numa），活動時期約公元前七〇〇年前後，傳說古代羅馬七王相繼執政的王政時代的第二代國王。

27

可是有哪個社會曾從柏拉圖或亞里斯多德那裡，或從蘇格拉底的學說中吸取治國之道呢？還有到底是什麼促使德西烏斯王朝選擇把生命獻給冥府之神，並把庫爾提烏斯帶進深淵[58]？儘管受到賢人們的極大遣責，但他們難道不是為了虛榮，那最迷人的賽蓮海妖？他們說，一個人為了競選公職，想遊說選民，贏得選票，於是用送禮來收買人心，求得支持，期望得到所有那些愚人的歡呼喝采，而當愚人高喊贊成之時，他便為之自鳴得意；接著，在勝利的時刻到來之際，他像一座雕像般被抬著到處走，好讓公眾觀光，最後是鑄成銅像，豎立在市場上，你說世間還有比這樣更加愚蠢的人嗎？接著，姓名發生了變化，至高無上的榮譽授予一個無足輕重的人，精心設計出來的官方儀式把罪惡多端的暴君奉若神明。所有這一切全都是愚蠢的，人們需要有更多的德謨克利特來對付此類荒唐愚蠢的行徑。所有的人對此都表同意。可是，從這個源頭裡面正好湧現出勇敢的英雄人物事跡，從而在許多妙筆生花者的作品中被捧上天。同樣的這種愚蠢創造出社會，並維護了帝國、官場、宗教、法庭和議會——實際上整個人類生活無非就是一場愚蠢的遊戲。

28

現在讓我們回過頭來談談藝術。世上還有別的什麼東西能把人的天賦才能激發出來，創造出他們認為是卓越非凡的許多學科並傳諸後代呢？難道不是對名聲的渴望？人們辛苦工作，汗流浹背，徹夜不眠，想獲得某種最無用的空名，從而顯出他們是十足的愚人。與此同時，你生活中得到許多重大的恩賜，恰好要歸功

58 德西烏斯（Decius, 201–251 CE），羅馬帝國皇帝，由部下擁立稱帝，在位時迫害基督教徒，抗擊哥特人入侵時陣亡。庫爾提烏斯（Curtius），神話中的古羅馬英雄。據傳，公元前三六二年，羅馬廣場裂開一條無底深溝。預言家說，只有把羅馬最寶貴的東西扔下去，裂縫才會重新合攏。庫爾提烏斯當即宣稱：「沒有什麼東西比一個勇敢的公民更可貴了。」於是他全副武裝騎著戰馬跳下了深溝。他剛一跳下，裂縫便重新合攏。後來這片地方變成了一個池塘，稱為「庫爾提烏斯湖」。

於愚神，而最愉快且應該感謝的則是別人的瘋狂給你帶來了歡樂。

29

好吧，既然我己證明，我應該為給予世人勇敢和勤勞而獲得稱讚，若我說我也該為賜予深謀遠慮得到讚揚呢？我聽到有人出來說話：你這不是要讓水火相容嗎？不過我仍然相信我能成功證明這一點，只要你像往常一樣，拉長你的耳朵，集中你的注意力就行。首先，如果深謀遠慮是靠經驗發展起來的，那麼，這種深謀遠慮的光榮是否應歸賢人所有？（須知有些賢人由於行必思禮而無所作為，有些則是出自膽怯而如此。）還是應將此光榮歸諸愚人？因為愚人不知世間有規矩，因而凡事無所不敢，也不知危險為何物，因而無所顧慮。賢人兩耳不聞天下事，一心只讀古人書，並從古人的言談中學到一些純屬虛無飄渺的東西。愚人凡事身體力行，自己對付遇到的種種危險，因而獲得我確信為真正的深謀遠慮。荷馬雖雙目失明，卻能洞察事理，他說：「閱歷過世事之後，甚至愚人也變得聰明。」因為有兩種障礙阻止人們靠經驗去明察事理：其一是「做事憑規矩」這種損害人們判斷力的意識，其二是一見危險露頭便縮手縮腳，不敢動彈的恐懼心理。愚神則美妙無比地助人擺脫兩種障礙。至於擺脫重重顧慮，凡事敢於一試會得到多大的利益，世人知者並不多。

如果說人們寧願深思明辨，說出那對生活所形成的種種見解，那麼，請你傾聽：那些以此自豪的人，實際上與深思明辨相去甚遠。首先，眾所熟知，所有世上人事全都像阿爾西比亞德斯所描述的西勒努斯盒上的人像[59]，有兩個完全相反的面像，因此，如他們所說的，一眼看上去是死的，但是往裡面看卻是生的，反之也同，生的卻是死的。同樣的道理可適用於美與醜，富與貧，默默無聞與大名鼎鼎，博學多才與孤陋寡聞，剛強有力與軟弱無能，出身貴族與門第卑微，幸福愉快與傷心悲哀，遇上好運與命蹇時乖，朋友與敵人、健康與損害——其實，只

59　阿爾西比亞德斯（Alcibiades, c. 450–404 BCE），古希臘雅典政客和將領，他以西勒努斯盒比喻蘇格拉底，此盒表面刻著醜陋的西勒努斯神，盒中卻收藏著高貴的東西。

要你打開西勒努斯盒一看，便會發現一切剎那間全都顛倒過去。你們中有些人可能會認為我所表達的這種情況過於哲理化，好吧，就讓我直言直語，正如俗話所說——讓我打開天窗說亮話。一提及帝王有錢有勢，我們大家全都看法一致。可是，如果他缺乏一切精神上的美德善行，對什麼都不滿意，那他肯定是個最貧困的人。如果他壞事做盡，那他充其量不過是個可鄙的奴隸。我們還可以用同樣的辦法對其他諸事進行哲理闡釋，不過這一個例子已經足夠說明問題了。

有人會問，這件事的意義何在？那就請你聽聽，我們是怎樣展開論點的。當演員們正在臺上演劇，有人試圖剝下他們的面具，讓觀眾看清他們的真面目，這個人當然會把整齣戲給弄糟，他應該挨觀眾扔石頭，當成瘋子趕出劇場。因為這時突然間會出現一個新的情景——舞臺上的女人變成了男人，青年變老翁，片刻之前還是個皇帝的人突然變成了奴隸，而天神變成了矮小的普通人。錯覺一旦歸於泯滅，整齣戲也蕩然無存，因為吸引觀眾目不轉睛的正好是錯覺和虛構。整個人生無非就是一場戲，還能是別的什麼？演員各自戴著不同的面具，各演各的角色，直至導演命令他們離開舞臺為止。至於導演則時常可以讓同一個人穿上不同的服裝上臺表演，所以這個人披上紫袍演帝王，一下子又穿著襤褸的衣衫演卑賤的奴隸。這無非是一種偽裝，但卻是演出此類鬧劇的唯一途徑。

現在讓我們假定有個賢人自天而降，和我面對著面，堅稱那個大家奉為神明與長老的人甚至不是人，因為他任憑自己情欲的驅使，像禽獸一樣，同時他無非是一名最低賤的奴隸，因為他還心甘情願地為自身七情六欲等諸多邪惡的主人服務。再者，這位賢人還要告訴某個正在為父親舉哀的人應該露出笑容，因為鑑於我們的生是一種死，所以死人也無非正在開始還生。另一個自誇門第高貴的人會被稱之為出身卑微的賤貨雜種，因為他與美德相去甚遠，而美德是高貴的唯一源泉。要是賢人對所有其他的人都說同樣的話，那會出現什麼情況呢？我們大家一定會認為他是個狂熱的瘋子。世間沒有比不合時宜的智慧更愚蠢，沒有比理智錯位更缺乏明辨事理之忱。要是一個人不讓自己與事物的本來面目相適應，不看最有利的時機，甚至連那句宴會上的格言：「不喝酒者請離席」都不放在心上，要求戲劇不要像戲劇，那麼，這個人的行為肯定是錯位了。另一方面，不要求擁有超越普通人的智慧，願與世人同樣觀察事物，並欣然顯現出相同的錯覺，這才是真正的深謀明辨。人們會說，這才是真正的愚蠢的標記，我是不會出來反對的——只要他們那一邊承認這是扮演人生喜劇的方法就行。

30

至於我的下一個論點——不朽的神呀！你看我是說出來好呢，還是保持沉默？可是，這是一件比真理更真的事，為什麼要保持沉默呢？鑑於詩人經常為了點雞毛蒜皮的小事便向繆斯求助，現在針對一件如此重大的事，最好也許是把幾位繆斯女神都從赫利孔山[60]上請出來。那麼，朱比特的諸位女兒，就請到我這兒來一下，我要證明除非愚神前來指引道路，否則誰也無法接近那賢人稱之為極樂城堡的完美的智慧之域。首先，大家承認，一切感情都屬於愚神，這一點恰好就是把賢人從愚人那邊劃分出來的標誌所在；賢人受理智支配，而愚人則為感情所左右。所以斯多葛派學者把一切強烈的情感從賢人身上隔離開來，彷佛全都是瘟疫一樣。但實際上這類感情不但起指導作用，引導人們迅速駛向智慧之港，而且舉凡實行美德，這類感情就會成為強大的刺激物，激發人們去做好事。可是，最斯多葛的斯多葛派學者塞內卡對此卻強烈反對，他把賢人身上的一切感情全給剝奪無遺。他這麼做的結果，是弄得那個人身上一無所有，於是不得不在這塊空蕩蕩的地方安上一個「捏造」出來的新的神，但無論在何處，這個神過去未曾存在過，將來也不會存在。的確，說得坦率點，他所創造的只不過是一個人的大理石像，缺的就是人類的感覺和感情。

好吧，要是這就是他們所喜歡的，他們可以去欣賞這賢人，在沒有競爭對手的情況下去愛他，和他一起生活在柏拉圖的共和國或理念之邦裡，只要他們願意，也可生活在坦塔羅斯[61]的庭園裡。有一種人像惡鬼一樣，對天生感情無動於衷，也不為愛或憐憫或其他任何感情所動，他像塊燧石或帕羅斯島的岩石，又

60 赫利孔山（Helicon），希臘神話中文藝眾女神繆斯的居住地。

61 坦塔羅斯（Tantalus），希臘神話中主神宙斯之子，因洩露天機，被罰立在齊下巴深的水中，頭上有果樹，口渴欲飲時，水即流失，腹飢欲食，果子即被風吹去。

僵又硬，有誰見到這樣的人不膽戰心驚，逃之夭夭呢？他什麼也不放過，從不受騙，他像林叩斯[62]那樣對一切都看得一清二楚，估量一切，毫釐不差，無論對什麼從不寬諒。他自信、自滿，認為只有他才配得上既富裕又健康，既是帝王又自由自在——認為自己是無與倫比，只有自己的意見是至高無上的。他覺得不需要有朋友，也不是任何人的朋友，他毫不猶豫地把眾神推開，而生活中碰到的任何事，他都視之為瘋狂古怪，並置之以嘲笑和輕蔑。不過，這種類型的野獸恰好就是完整的賢人。我要問問你，要是舉行選舉，哪個城邦會選他當政？哪支軍隊願意讓他當將軍呢？尤其是有哪個婦女願意有或者受得了這麼個丈夫？哪家東道主想要這樣的客人？哪個僕人願意服待有這種脾氣的主人？誰都寧願從普普通通的愚人當中挑選一個出來，這個人既能管理愚人，自己做為一個愚人也能服從愚人的管理，能使那些像他本人的人們，也就是大多數人，都感到滿意。他的妻子覺得他和藹可親，朋友覺得他令人愉快，是餐桌上情趣相投的客人，飲酒時的好搭檔，實際上也就是把一、兩個大家關注的事視為自己關切的事的人。而賢人卻真惹人掃興，我早已領教多了，所以我想把話鋒轉到更有益的話題上去。

31

現在，正如詩人說朱比特能做到的那樣，假定有人從極高處俯瞰世人的生活，他見到的真不知有多少災難伴隨著人生！人一出生便痛苦又可憐，他的撫育培養令人厭煩，他的童年充滿危險，他的青年時期勞苦度日。老年是一種負擔，而死亡則是一種無情卻必然之事；疾病的大軍結集在他四周，災禍在埋伏著等待，倒楣之事時刻準備進攻。世間沒有一件事不帶著強烈的辛酸苦味，更別提人對人做盡壞事，例如造成貧困、關進監獄、殺害、毀壞名譽、摧殘、變節、背叛、侮辱、訴訟和欺騙。顯然我列舉這些是在試圖數沙粒，做徒勞無益的事。人到底做過些什麼事應受這種罪，或者神怎麼生那麼大的氣，讓人一生下來就苦難重重，這方面我暫且不談。不過，任何一個人只要對此事進行思考，一定會對米利都少女所樹立的榜樣[63]加以首肯，不管這榜樣是多麼悲慘。但那些因厭世而自

62 林叩斯（Lynceus），墨塞尼亞的英雄，以目光銳利著稱，能透視土地和石頭。

63 米利都（Miletus），古代小亞細亞的希臘城市。該地少女因厭世思想的影響常發生自殺事件。

戕的到底是些什麼人？難道不是和智慧緊密相聯的人嗎？這方面我不去說第歐根尼、色諾克拉底、加圖、卡修斯和布魯圖斯這些人了，即使是著名的人馬凱隆，要不是自選死亡之路，本來是可以永生不朽的[64]。我想，這件事能向你表明，要是智慧布滿人間將會發生什麼情況：我們將會需要更多的黏土和第二個普羅米修斯[65]來塑造人。

然而，我來了，每當情況不妙時，我總是帶著無知兼不介意的心情，時常還處之泰然，加以忘卻。有時希望情況有所改善，還嘗到點快樂的甜味，我就是如此這般地給予各種痛苦以幫助的。我這樣做收效極大，人們甚至在命運之線已盡，生命早已一步一步離開他們時，還是不願離去。他們眷戀人生的理由越少，就越能享受生活的樂趣——渾然不知厭倦人生為何物。多虧了我，你們才到處見到一些老人，年齡已經達到涅斯托爾的歲數，看上去不太有人樣，說起話來嘰哩咕嚕，老態龍鍾，牙齒掉光，一頭白髮或者禿頭——更確切點用阿里斯托芬的話說，就是「骯髒、佝僂、一副可憐像、禿頭、無牙。」可他們還是對人生興味無窮，渴望返老還童，所以有的人染深白髮，有的人在禿頭上蓋個假髮，有的人可能從豬嘴裡拔出豬牙做假牙，而另外有的人則對某個少女著了迷，做出了比青年人在情愛中更出格的蠢事。任何一個骨瘦如柴的老頭，縱使一隻腳已踏進了墳墓，今天還是想討個嬌嫩的少女作妻子，即使她沒有嫁妝，準備和別人結伴也行——這是常見的事，幾乎總是成為人們誇耀自豪的事。不過，更有趣的是見到那些老太婆，肩負不起歲月留給她們的重擔，看上去像是從死人堆裡站起來的僵屍。可她們還是到處跑，說：「人生真好」，照樣處於發情期中，正像希臘人說的：「渴望來個配偶」，於是她們花大錢勾引年青的法翁。她們不斷用化妝品往臉上塗，用小鑷子拔掉陰毛，想辦法讓鬆垂萎縮的胸部隆起來，她們夾在少女裡面喝酒、跳舞以及匆匆塗寫情書，總是試圖用嬌滴滴的顫聲來把衰退中的情欲激發起來。所有這一切令人對其所作所為哄堂大笑——這是絕對的愚蠢；可是，她

64 第歐根尼（Diogenes, ?–320? BCE），犬儒學派的原型人物，認為實行苦行主義，人們可以取得高尚的道德。色諾克拉底（Xenocrates, 395–314 BCE），古希臘哲學家，柏拉圖的學生，被選為柏拉圖學園的主持人。凱隆（Chiron），希臘神話中的半人馬，博學多智，以醫技聞名。

65 普羅米修斯（Prometheus），希臘神話中普羅米修斯用泥土造人，後因盜取天火予人而觸怒宙斯，被罰鎖於高加索山崖上，遭神鷹折磨。

們卻自鳴得意，過著一種充滿甜蜜幻想的最快樂的生活，她們所有的幸福歸功於我。那些認為這過於荒謬可笑的人，務請你們掂量一下，看看她們到底是過著這麼一種讓愚蠢弄得甜蜜蜜的生活好呢，還是跑去找尋那根眾所周知的橫梁懸上去自縊好呢？這種通常不被讚許的行為對我的愚人來說完全不算一回事，因為無論他們是否覺察出這裡有什麼不對的事，他們都覺得無須加以注意。要是一塊石頭打在你的頭上，那它給你帶來了確確實實的傷害，可是羞恥、不名譽、責備和侮辱等，只有當你意識到它們時才會感到受損害。如果你沒有覺察到，你根本就不會有受傷害的感覺。聽眾向你發出噓聲表示反對，要是你為自己鼓掌的話，又有什麼不好？只有愚神得以使這成為可能。

32

我相信現在會聽見哲學家們提出的反對意見：生活在愚蠢、幻想、欺騙和無知之中只能是一種痛苦。可情況並不如此——那才是人的生活。我不明白，為什麼他們會把這當成是一種痛苦，須知你們全都是在這種生活方式裡面出生、成長和培養起來的，所以這是全人類的共同命運。生活得合乎人性並非痛苦，除非有什麼人認為人之所以可憐，在於他不能像鳥飛，不能像所有其他野獸用四條腿跑步，沒有像公牛那樣頭上長角。照此類推，駿馬也可被視為不幸，因為牠不懂得語法，不吃餅食，而公牛不幸則是因為牠在體育館裡面一無用處。但是，對語法一無所知的馬並非不幸，而一個愚人也不倒楣，因為這完全合乎天性。

接著，這些口若懸河的哲人又搬出另一套道理。他們說，人被獨特地賦予掌握專門知識的能力，因此哲人有可能幫助人用智慧來彌補大自然沒有給予的東西。但是，難道這個對蚊蟲花草都細加留神、無微不至的大自然，對人反而粗心大意，弄得人需要各種專門知識？須知此類知識是臭名昭著的人類凶神托特[66]設計出來的，成為自然界最大的禍害。對幸福來說，此類專門知識是沒有什麼用處

66 托特（Thoth），埃及神話中的月神，諸神的文書，知識與藝術的保護神，據說他發明語言與文字，其形象多為鸛頭人身。

的，實際上倒會妨礙其所要服務的事物本身，正如柏拉圖著作中那位聰明的國王在討論文字的發明時，言簡意賅地證明一般[67]。就這樣，專門知識和人類生活中所有其他禍根偷偷地滲了進來。它們都是由同一批要對每件邪惡之事負責的魔鬼帶進來的，「魔鬼」（Daemon）之所以得其名，是因為這個詞在希臘文裡面意為「有學識者」（Daimonas）。

但黃金時代的質樸民眾並沒有學習專門知識，他們只靠天生本能的指引來生活。大家說的都是同樣的語言，說話的唯一目的是使意見交流得以進行，還需要什麼語法呢？人與人之間沒有意見衝突之爭，論證法也派不上用場；誰都不會找鄰居的麻煩，所以修辭學沒有用處；有壞習慣在前，就需要好法律跟後，沒有壞習慣，法學也無用武之地。黃金時代的人們在信仰上非常專誠，所以不會產生出不虔誠的好奇心去探索自然的奧祕，去測量天體，去計算它們的運動和影響，並尋求宇宙的隱祕。他們認為，世上凡人如企圖知道天賦給他的命運以外的事，那是一種褻瀆行為。他們也從未想入非非，打算去打聽天外事。可是，隨著黃金時代中這種純潔無邪的特性日趨消逝，正如我說過的，那些魔鬼便創造出各種專門知識來。這類知識開頭時門類不多，從事研究者也少，可到了後來，由於迦勒底人的迷信加上希臘人的無聊輕薄，上百、上千個增添進來，簡直把人的智慧給搞亂了——的確，僅就語法一科而論，就足以使人一生苦惱綿綿。

33

然而，在這些專門學問當中，受到最高度重視的是各種最接近常識的東西，更確切地說，是最接近愚蠢的東西。神學家受盡飢餓，專門知識家遭到冷遇，占星學家受人譏笑，而邏輯學家則為人輕蔑，只有「醫生一個人具有許多人的價值」。醫生越無知，越魯莽，越粗心大意，他的名聲就越高，扶搖直上，甚至在王公貴戚中流傳。實際上今天許多開業行醫者的醫術，真的只不過是一種吹牛拍

67 柏拉圖的《斐德羅篇》（*Phaedrus*）中，色雷斯國王說文字損害了人類的記憶力。

馬屁之術，一如修辭學那樣。緊跟在醫生後面，那些小法律家位居第二。也許他們原來應占首位，不過哲學家們都一致認為，法律家的職業與驢子有異曲同工之妙，並經常加以嘲笑，可我卻不願意也這樣。話又得說回來，這些驢子，事不論大小，動動嘴全能包辦。他們的領域成倍成倍地擴張，可是神學家翻遍了書架，想掌握整個神示，卻弄得只能邊吃豆子，邊跟臭蟲和蝨子進行無窮無盡的戰爭。這樣看來，令人感到更愉快的知識門類是那些與愚蠢更加緊密相連的門類，而最幸福的人則是那些與任何學問都不打交道的人，他們唯一遵循的只是自然。我們絕不會發現自然不合格，除非我們突然心血來潮，想要跨越過人的範圍去做什麼。自然憎惡任何虛假偽造，舉凡沒有遭到虛偽行為損害的事物，都能被證明是更幸福的。

世間沒有比不合時宜的智慧更愚蠢，
沒有比理智錯位更缺乏明辨事理之忱。
要是一個人不讓自己與事物的本來面目相適應，
不看最有利的時機，甚至連那句宴會上的格言：
「不喝酒者請離席」都不放在心上，要求戲劇不要像戲劇，
那麼，這個人的行為肯定是錯位了。

34

難道你看不出，在所有其他生物裡面，生活最幸福的莫過於那些與專門知識的培養最不沾邊，只拜自然為師的生物？蜜蜂甚至缺乏一切天生的本能，可牠們卻是昆蟲中最幸福、最了不起的。任何一個建築師都無法跟牠們的建築結構比美，同樣的，任何一個哲學家也無法建立一個像牠們那樣的國家。再拿馬來進行對比，馬的本能幾乎與人相同，養成了與人共享生活的習慣，因而也得分擔人的不幸。要是牠在競賽中失敗，便會感到羞恥，所以馬時常呼吸急促地死去；而當牠在戰場上爭光時，牠遭受到刀戳，同牠的騎者一道倒地死去。我不必詳細敘述——鋒利的馬銜、馬刺，監獄般的馬廄，鞭子、棍棒、繮繩、騎者，自願服苦役的悲劇，這全都是馬仿效人類堅韌不拔的精神，向敵人復仇而自願去忍受的。還是蒼蠅和小鳥的生活令人羨慕得多，只要牠們不落入人所設的圈套，便照樣可靠天生的本能活在當下。一旦鳥被關進籠子裡面，被訓練去模仿人說話，牠們所有天生的光彩便告黯然失色，因為無論從哪方面看，自然的創造物比起藝術虛構出來的東西更加令人感到愉快。所以我對那頭確實曾經是畢達哥拉斯本人的雄雞[68]讚不絕口。當雄雞輪流成為哲學家、男人、婦女、君王、平民、魚、馬、青蛙，甚至海綿之後，我相信，雄雞確信人是動物中最不幸的，原因只在於所有其他的動物都安於本分，只有人企圖越出天賦給他的局限之外。

35

另外，畢達哥拉斯雄雞在眾人中，寧願要成為愚昧無知的人而不願成為學者和大人物。格里魯斯比那個「具有多種氣質的奧德修斯」[69]聰明得多，他寧願在豬舍裡發出呼嚕聲，而不願參加多次冒險的行動。荷馬這位神話之父似乎持有相

68 這一典故出自希臘諷刺作家琉善的對話集，為一雄雞變成畢達哥拉斯以及其他各種動物和人的故事。

69 奧德修斯（Odysseus），荷馬史詩《奧德賽》中的主人公，伊塔卡國王，特洛伊戰爭中領袖之一，曾獻木馬計，使希臘軍獲勝。

同的意見，因為他把所有世人視為「不幸」和「苦難重重」之輩，並時常把智慧的典型人物尤利西斯描繪成是「不幸的」，儘管他不曾這樣描述帕里斯、埃阿斯或阿基里斯[70]。個中原因十分清楚：這個精明機警的人做任何一件事都讓雅典娜給他出主意，他聰明過了頭，越走越遠離了自然的指引。因此，在世俗凡人當中那些努力追求智慧的人離幸福最遠；他們實際上是雙倍愚蠢，原因完全是由於他們無視自己生來是人這麼個事實，千方百計想要過永生之神的生活，於是像泰坦族那樣，起而向自然造反，用專門知識充當他們作戰的手段。相較之下，那些和不能說話的動物的愚蠢天性最接近，想做的事沒有超越出人的智能之外者，不幸之事最少。

現在，讓我們看看，能不能用簡單的事例來證明我們的觀點，不為斯多葛派的詭辯苦惱操心。天哪，難道最幸福的人不是那些通常被稱為白痴、愚人、笨蛋、傻子之類，在我看來都是了不起的名字的人嗎？也許，我正在說的這些乍看上去是既愚蠢又荒謬，但實際上卻是一種深刻的真理。首先，這些人不怕死，這就使他們擺脫了不少禍害與不幸。他們還擺脫了良心的責備。死人的故事嚇不了這些人，他們也不怕鬼怪幽靈。他們不為行將到來的禍害所苦，也不因期望未來的幸福而弄得勞累不堪。總之，他們不為我們生活中經常發生的煩惱憂慮所苦。他們對恥辱、恐懼、奢望、妒忌、愛情無動於衷。最後，神學家向我們保證，就算這類人缺乏推理的能力達到了更接近野獸的程度，他們也不可能有罪。現在，愚蠢的賢人，請把你心靈為憂慮所苦的日日夜夜加在一起——把你生活中所有的煩惱堆在一起，最後，你會認識到，我從什麼樣的不幸中把我的愚人們拯救出來。你們還會看到，他們一直都心情愉快，嬉戲、唱歌、歡笑，不管走到什麼地方，便把歡樂與愉快、嬉戲與笑聲帶給別人，彷彿眾神把消除人生痛苦的才能賦予愚人。因此，儘管人們對其他同胞各有不同的看法，可是愚人們卻始終為公眾所接受，人們找其結伴，為其提供食品，照料其生活，親切擁抱，困難時予以幫助，任其隨便去說或去做任何事。誰也不想傷害他們——甚至野獸也靠天性覺得他們無害，所以也不會去傷害他們。他們的確是生活在眾神保護之下，特別是我

70 尤利西斯（Ulysses），奧德修斯的拉丁文名。帕里斯（Paris），希臘神話中的特洛伊王子，因誘走斯巴達王的妻子海倫而引起特洛伊戰爭。埃阿斯（Ajax），特洛伊圍攻戰時的希臘英雄。

的保護之下；由於這個緣故，他們受到一切人的尊敬。

36

再者，他們還是君王們的寵臣，受寵的程度如此之深，一旦他們不在身邊，許多大統治者飯難進口，寸步難移，或者連一個鐘頭也挨不下去，所以君王對他們這些愚人的評價遠高於那些脾氣不好、自命不凡的賢士。之所以還繼續把賢士留在身邊，無非是擺擺門面。我認為君王更喜歡愚人的原因是顯而易見的，沒有什麼值得驚異之處。賢人奉獻給君王的除了痛苦之外，別無他事，賢人對其學識信心十足，有時不怕說出嚴峻的實情，讓君王那雙聽好不聽壞的耳朵受到強烈的刺激，而那些小丑卻能給君王獻上他正在尋求的東西，例如笑話、笑料、逗趣和開心。此外，讓我告訴你，愚人還有這麼一招，是不應受到輕蔑的天賦之才——愚人是唯一說話坦率真誠，道出真理的人，世間有什麼比真理更值得讚揚呢？儘管柏拉圖讓阿爾西比亞德斯引用格言，說：「真理屬於酒和兒童所有」，但這分榮譽確實應歸我。尤里比底斯[71]有關我的名言可作證明，這個名言說：「愚人說蠢話。」愚人心中想什麼，臉上就顯現什麼，口中也說什麼，不過，尤里比底斯也說，賢人有兩根舌頭，一根說真話，另一根說捧場話。賢人有個習慣，把黑的變成白的，並且冷熱無常，同一個嘴巴出爾反爾，心裡想的與嘴巴說的完全不是一回事。所以儘管君王的福氣好，在我看來他們卻似乎格外不幸，因為沒有人對他們說真話，只能把阿諛諂媚的人當成朋友。或許有人說，君王的耳朵避開了真理，他們躲開了賢人，就怕有誰大膽暢所欲言，說出真話而不是悅耳之詞。實際的情況是，帝王的確不喜歡真理，但此事所造成的結果對我的愚人卻是令人驚奇的。愚人能說真話，甚至打開天窗說亮話，挖苦罵人，可是聽者卻感到津津有味，樂從中來。的確，說出這些話會使賢人丟掉性命，可是由小丑說出來時卻出人意料地趣味橫生，令人為之傾倒。因為真理具有一種真正使人愉快的力量，只要設

71　尤里比底斯（Euripides, 485–406 BCE），古希臘三大悲劇作家之一。

法說得不傷人便行，不過眾神只把這種本領授予愚人。這也是為什麼這些人讓婦女格外高興，因為婦女天生就鍾情於逸樂與浮華之事。此外，不管婦女怎樣和愚人混在一起，甚至，像經常發生的那樣，當事情變嚴肅的時候，愚人也總是能把嚴肅事變成玩笑和戲謔。女性真有辦法，尤其善於把自己所做的事遮掩起來。

37

讓我們把話題回到愚人的幸福上來。愚人一生過著充滿歡樂的生活，既不怕死也不知死之為何物，過完這生活之後，他們直升極樂世界，在那裡，他們耍的那套把戲可以讓先到這裡休息的虔誠靈魂開開心。現在讓我們把一個賢人的命運拿來和這個愚人作一比較。試設想有這麼個十分完美的賢人，我們拿他來和小丑進行對比。這個賢人把自己整個童年和青年時期的光陰全都花在探求學識上，他失去了一生中最幸福的那部分時光，整天在沒完沒了的不眠之夜、辛勞和操心中度過，而在剩下來的時光裡他也未曾嘗到點滴的快樂滋味。他始終都很節約，過著貧困的生活，一副可憐相，脾氣暴躁、嚴厲，對己過分苛刻，和同伴難以相處也不受歡迎。他臉色蒼白，身體消瘦，病魔纏身，雙眼迷糊，未老頭先白，一副衰老的模樣，筋疲力盡，行將早逝是勢所必然了。像這樣的人早死慢死又有什麼不同呢？他從來就沒有生活過——我在這裡活靈活現地描繪了一個賢人的圖像給各位看。

38

你看，「畫廊學派青蛙」[72]又銜著我出來嘓嘓叫了。廊蛙說，世上沒有比瘋狂更糟糕的事，而蠢得出格的愚人便和瘋狂近在咫尺，甚至可以說就是一回事。

72 「畫廊學派青蛙」指斯多葛派哲人。

這幫廊蛙認為瘋狂只意味著頭腦失常，可他們徹頭徹尾地錯了。所以不管他們的論點多麼精妙入微，只要繆斯女神給我們以幫助，我們就能把他們的論點駁得體無完膚。在柏拉圖的著作裡，蘇格拉底指出一個單一的維納斯和一個單一的丘比特是如何被一分為二的，因此，這些邏輯大師如果想要讓自己表現得心智健全、沒有疾病的話，也應該對兩種瘋狂形式加以區別。因為並不是每一種瘋狂形式都是禍害，要不然賀拉斯就不會提問說：「難道是令人一往情深的瘋狂在蒙騙著我？」而柏拉圖也不會把詩人、預言家和戀人的狂熱列入生活中的主要幸事之列，女預言家也不會把艾尼亞斯的偉業視為瘋狂。瘋狂的本質的確是雙重的。其一是由復仇女神從地獄裡帶出來的，她們把毒蛇放出來襲擊人們的心靈，使之渴望戰爭，貪得無厭地謀取黃金，亂搞見不得人、受到禁止的愛欲、弑親、亂倫、褻瀆，或犯其他罪惡；有時在幹罪惡勾當時，受到良心譴責的人遭受復仇之心和恐怖的強烈火焰折磨。另一種瘋狂卻極為不同，人人都以先得為快，舉世都認為是來源於我。每當歡樂的心情如脫韁之馬，讓心靈擺脫諸多憂慮牽掛，並借各種各樣的快樂之助，使之恢復過來之時，這種瘋狂就發生了。西塞羅在給阿提庫斯[73]的一封信中把這當成他夢寐以求的幻想，並視之為眾神的恩賜，因為這種瘋狂有使人從深感痛苦中解脫出來的力量。賀拉斯筆下的希臘人也切中要害。這個希臘人的瘋狂無非就是整整幾天單獨一個人呆在戲院裡，邊放聲大笑邊鼓掌，自得其樂罷了，因為他相信，妙不可言的戲劇正在舞臺上演出，可實際上根本就沒有演戲，至於他生活中的表現，卻是行為甚佳：

> 他讓朋友感到愉快，他對妻子體貼，能寬恕僕人，也不會因為一瓶密封的酒被人開啟便勃然大怒。

當他的親人出面干預此事，給他治療，終於使他完全神志清醒，恢復健康，可他卻埋怨朋友：

73 阿提庫斯（Atticus, 109–32 BCE），羅馬騎士，伊比鳩魯信徒和文藝贊助者，與西塞羅過從甚密。

他說：「我的朋友，這不是使我得救，而是殺死我，奪走我的歡樂，用暴力剝奪我享受樂趣的東西——我內心的聯翩浮想。」[74]

這位希臘人的確也說得很對。他的親友們是在自己騙自己，比起他來，他們更需要用治瘋草來治療，因為他們認為這種令人感到愉快和幸福的瘋狂形式是一種痛苦，非用藥劑消除不可。

但我還拿不定主意，是否任何異想天開的行為或精神迷亂都應稱為瘋狂。一個視力模糊的人把驢當成騾，或者一個人把一首寫得很蹩腳的詩當成優秀詩篇大加讚揚，當然不應被視為瘋子。可若有某個在智力判斷和認識上出錯的人，特別是連續出現這種情況，並且超越出公認的習慣時，那麼這個人肯定會被貶為跡近瘋狂。例如一個人聽見驢叫便以為是聽見美妙的交響樂，或者某個出身低微的可憐窮人想入非非，認為自己就是呂底亞王克羅伊斯[75]，那肯定會被視為跡近荒唐。但這一類瘋狂卻往往真教人高興，無論對那些為瘋狂所困的人也好，或者對那些目睹瘋狂事而本身非屬同樣瘋狂的人也好，因為這種瘋狂形式比一般人所想像的更加廣泛。一個瘋子會嘲笑另一個瘋子，各人都讓對方感到其樂融融；而你時常能見到那個發瘋更厲害的人對著另一個不那麼厲害的人笑得更大聲。

39

按愚神我的意見，一個瘋瘋癲癲的人越是花樣百出，他就越幸福。只要他的瘋狂行為不越出我獨占的領域就行。這個領域的確非常廣闊，我看全人類裡面未

74 出自賀拉斯《書信集》（*Epistles*）II. II。

75 克羅伊斯（Croesus, ?–546 BCE），呂底亞末代國王，斂財成巨富，征服愛奧尼亞大陸，後試圖阻止波斯勢力的擴張，失敗被捕，在波斯宮廷供職。

必能找到一個一輩子聰明無誤，不為任何荒唐事所惑的人。人與人如有所不同，也僅屬程度而已。把葫蘆瓜當成女人的人被認為是個瘋子，因為這種情況確屬少見。可是，妻子有許多情夫，當丈夫的卻鄭重保證，說她比潘妮洛碧[76]更加貞潔，並為自我陶醉的錯覺而慶幸。對這麼個人誰也不會認為他是個瘋子，原因是這種情況在婚姻生活中隨處可見。

那些除了獵取野味，對別的任何事都不放在心上的人也屬於這一類。他們聲稱，可怕的狩獵號角聲和獵犬的吠聲一傳出，他們心中便湧現出一股難以相信的快樂。我想，狗屎在他們聞起來就像是肉桂一樣，而野獸被分割成碎塊時他們覺得多麼痛快！普通百姓當然也能把牛羊肉剁下來，可是要把獵物切割開，只有出身高貴的紳士才有權這麼做。這些貴族頭不戴帽，屈著腿，手持特製的庖刀（用任何別的刀具被視為是一種褻瀆），按照一定的儀式程序，用符合儀式的姿勢，現出一副恰到好處的莊重表情，切下規定的部分，而眾人則一言不發，在四周圍觀，對這種舉行過千百次的壯觀場面露出羨慕之情，彷彿這是一次新的儀式。接著，要是有誰運氣十足，嘗到一口獵物的滋味，這個人就會飄飄然覺得自己在世界上的地位有所上升。他們這種不斷狩獵和吃食野味的行為，得到的無非就是本身的退化——儘管他們自以為過的是帝王般的生活，實際上卻與野獸無異。

還有一類人的情況也與此極為相似，他們永不滿足，為修房建宅弄得精疲力竭，一下子把圓的改為方的，一下子又把方的改為圓的，沒完沒了，直至他們完全破產，無處可供住宿，無物可以充飢。那又有什麼關係呢？他們不是已經有好幾年的時光享受過好日子嗎？接下來，我認為還應提起這麼一類人，他們用種種新奇而又神祕的方法，一直力圖改變自然的面貌，於是在地上海裡，到處搜尋第五元素[77]。他們在甜蜜蜜的希望誘使下，不怕辛勞，不惜資財，奇妙地獨出心裁，經常想出可以重新欺騙自己的東西。他們繼續藉自欺以自娛，直至於身無分文，連築個小爐灶的錢都花不起。即使如此，他們仍繼續做著美夢，全力以赴，激發別人去享受同樣的幸福。當一切希望最後全告破滅時，他們仍然搬出個格言

76 潘妮洛碧（Penelope），希臘神話中奧德修斯的忠實妻子，丈夫遠征離家後拒絕無數求婚者，二十年後終於等到丈夫歸來。

77 第五元素，指水、火、土、風之外的第五種元素，被認為是萬物的精髓。鍊金術士一直都在尋求它。

來安慰自己：「宏圖中見意願，足矣。」接著，他們責怪生命苦短，不足以完成他們的偉業。

讓我們來看看賭徒的情況吧。儘管他們不少人裝出一副蠢相，讓我們發笑，但他們是否應歸入我們的行列，我有點拿不定主意。他們全都醉心於賭博，一聽到骰子發出急速滾動的聲音，他們的心便砰砰地跳個不停。獲勝的希望吸引著他們往前衝，以致全部家財如遭受船難，毀於一旦。他們的船觸上了賭博之礁，其可怕的程度不亞於馬雷亞海角[78]。他們設法從水中爬上來，赤裸裸一無所存，他們於是可以欺騙所有人——除了贏家之外。他們不想讓別人認為他們不誠實。現在他們已是老年人，幾乎什麼也看不見，可是，他們仍戴上眼鏡繼續賭博，而當咎由自取的風溼病弄得關節動彈不得時，他們仍然雇人替自己擲骰子。要是此類賭博不會時常變成凶狠的吵架，接著又發生與復仇女神有關而與我無關的事，那可真是愉快之至。

40

不過，毫無疑問，還有一種人與我性格相同，他們喜歡聽或者說令人驚奇的事以及虛構出來的東西。只要還有人在講鬼怪、幽靈、妖精、死人以及數不清的各種令人驚異的事，他們聽故事的胃口就永不滿足。這類故事講得越逼真，人們就越相信，越聽越順耳。這些故事不但奇妙地可供打發冗長乏味的時光，而且對傳教士和煽動家尤其有利可圖。

與此密切相關的是那些懷有愚蠢但卻令人愉快的信念的人，他們相信，只要見到巨大的波利菲莫斯的雕像或畫像，他們當天就肯定不會死去；或者，如果有誰用規定的祈禱文向聖芭芭拉的塑像求願，那他作戰歸來時不會負傷；或者，要是某人在恰當的日子，帶著恰當的幾根蠟燭，加上恰當的一點禱告向聖伊拉斯姆斯致意，那他很快就會變成富人。他們已經得到了第二個希波呂托斯，可是

78 馬雷亞（Malea）海角，位於拉科尼亞東南角，以暗礁多聞名。

在聖喬治身上，他們也發現另一個海克力斯[79]。他們虔誠地用馬飾和護身符打扮聖喬治的馬，實際上是在敬奉牠。人們希圖用一點新的小禮物來求得牠的恩賜，而認為對著聖者的銅盔起誓只適合帝王。我對那些憑幻想來原諒自己罪惡，以此自欺自慰的人該說什麼好呢？他們彷彿用水鐘計量自己在煉獄中的時間長度，計算有多少個世紀、年、月、日、時，好像有一張計數表可供準確計算似的。還有這麼一些人，他們靠著某個虔誠的江湖騙子想出來的魔法符號和祈禱模式（那本是供他自己娛樂或盈利之用的），指望獲得財富、榮譽、快樂、富裕、永恆的健康、長壽、精力充沛的老年，最後，還指望在天上得到一個緊挨著基督的座位。不過，這並不是他們立刻想要的天賜之福，他們希望盡可能地拖到最後的一分鐘，也就是說，今生的歡樂已無法緊抓不放，只好讓路給即將到來的天上歡樂了。

舉個例：某個商人、士兵或法官相信，他只需從一大堆掠奪來的錢財裡面拿出個小硬幣，便可一勞永逸，把自己過得像整個雷爾納沼澤[80]那樣髒的一生洗刷乾淨。他相信，所有他的偽證、貪欲、酣酒、爭吵、謀殺、欺詐、叛變和背信棄義，都可以採用達成協議的辦法而一筆勾銷，並且用這麼一種辦法，使他現在又可以自由自在，重新著手去幹新一輪的罪惡勾當了。有人指望獲得最高幸福，便每天反覆頌讀〈詩篇〉七小節——據信這是某個惡魔給聖伯爾納多指出來的有魔力的詩節[81]，你說還有比這更愚蠢，也就是更愉快的事嗎？毫無疑問，那是個愛開玩笑的惡魔，不過，與其說他聰明，不如說他愚蠢，因為這個可憐的傢伙竟落入自己設置的圈套。像這樣的事真是愚蠢到頂，我自己幾乎要替這些聖人害羞臉紅，可是，他們竟贏得普遍的稱讚，不但在庶民群眾中如此，在那些以宗教為職業的人中間也如此。各個獨特的地區都認為自己有特殊的聖人，這種情況到處大

79 聖芭芭拉（St. Barbara, ?–200? CE），早期基督教女信徒，炮兵的主保聖人。聖伊拉斯姆斯（St. Erasmus, ?–303? CE），早期基督教主教，海員主保聖人之一。希波呂托斯（Hippolytus），希臘神話中，忒修斯之子，因拒絕繼母斐德菈的勾引而遭誣陷，波賽頓受命將他殺死，基督教殉教者聖希波呂托斯與之同名。聖喬治（St. George, ?–303? CE），英格蘭主保聖人，傳說曾屠龍救一少女。

80 雷爾納（Lerna）沼澤，在希臘阿爾戈斯，海克力斯斬九頭蛇處。

81 聖伯爾納多（St. Bernard, 1090–1153 CE），法國基督教神學家，據傳奇故事記載，惡魔告訴聖伯爾納多說他知道〈詩篇〉中有七小節詩，每天如加背誦，靈魂便可得救。但惡魔不願告知到底是哪七個詩節。聖伯爾納多於是回答說，他每天背誦全部詩篇，這七節詩當然就在其中。惡魔無奈，只得指了七節給他。

同小異。這些聖人各自被賦予特殊的力量，也受到特殊的崇拜，因此，有的聖人會給人治牙痛，有的幫助產婦接生，有的把被偷之物歸還原主，有的在船舶失事時充當救星，有的出來保護飛禽走獸，如此等等，難以盡言。有些聖人的靈性遍及數種事物，最顯著的是聖母瑪利亞，因為一般庶民百姓幾乎都認為多種靈性應歸她所有，而非其子。

41

但是，人們向這些聖人祈求的，除了屬於愚神所有的東西之外，還有什麼呢？你所見到的某些教堂的牆壁上，從下面到屋頂掛得滿滿的謝恩奉獻物裡面，是否見到過有一件是因為避免了愚蠢或因為得到一點點智慧而來謝恩的？前來謝恩的人中有的是因為免於滅頂之災，有的讓敵人的刀劍戳穿卻依然死裡逃生，有的大膽地（也可以說是幸運地）逃離戰場，讓他的夥伴們去繼續戰鬥。有的從絞刑架上放下來，多虧某個與盜賊為伍的聖人之助，他又可以繼續去行那種讓財富壓身的人減輕負擔之事了。這個人之所以前來謝恩，是因為越獄而出，那一個則因發燒得到康復，讓他的醫生們大為惱火。還有個人吞下了毒藥，可毒藥卻變成了清洗腸胃的一服瀉劑，不但沒有毒死他，反而讓他康復過來——他的妻子因此白花了心血和錢財，一點也不高興。有的人馬車翻了，可他卻沒有受傷，驅趕著馬匹回家。有的人房屋倒塌，卻安然無恙。有些不忠的妻子的給丈夫當場抓住，但仍逃之夭夭。可是這些人當中，誰也沒有因為擺脫愚蠢便表示謝意的，不聰明乃是令人感到愉快之事，因此凡人俗子寧願祈求從一切事物中獲得解脫，而不是脫離我這個愚神。

不過，我不明白為什麼我要辛苦地跋涉於這個迷信的海洋：

即使我有百舌百口，
有刺耳的聲音，
我也無法數清愚人的類型，

列舉每種愚蠢的名字。[82]

基督教徒平庸的一生中到處充滿各種各樣的這類愚蠢，且對此類愚蠢總是欣然首肯，給予鼓勵，教士們對由此可能得到的利益並非一無所知。與此同時，要是有那麼一個令人討厭的人自作聰明地站起來，打斷教士的話，說出下面這些確鑿的事實：「要是你在生時樂善好施，死時便不會鬱鬱不樂。你要贖罪，就必須憎恨不道德行為，必須流淚、徹夜不眠、禱告，改變你的整個生活方式，再加上那一筆你已經交上來的小款。要是你試圖仿效聖人過生活，聖人就會出來庇護你。」——我再重複一句，要是你的賢人開始脫口說出這些令人不安的真情，到時你會明白，他是怎樣迅速地摧毀世人的內心平靜，使其陷入混亂之中。

應歸入這類之中的有這麼一些人：他們還活著的時候便寫下明確的指示，規定他們要的是怎樣的葬禮，甚至詳細列舉出需要幾根蠟燭、多少件黑斗篷、多少個唱輓歌的人、雇多少個職業送葬人，彷彿屆時他們有可能回過頭來察看到這種壯觀的場面，或要是屍體沒有得到隆重輝煌的埋葬，死者就會蒙羞似的。他們像是一些新選出來的官員，正在想方設法安排一個公開的展覽會或一次盛宴，他們的熱心就在於此。

42

我必須加緊說下去，但我不能避而不談那些身分低微可是對高貴的空頭銜感到格外自豪的人。這類人中有的把自己的家庭出身追溯到艾尼亞斯、布魯圖，乃至阿爾圖洛斯[83]。他們到處展示自己祖先的雕像和畫像，把曾祖父和高祖父全都擺進去，將所有古老的姓氏全都記在心頭。不過，話又得說回來，他們自己無非就是一些啞巴石像，比起拿來展覽的雕像還差得遠。可是，由於稱心如意的自愛

82 出自維吉爾《艾尼亞斯紀》（*Aeneid*）第六卷，原句為：「即使我有百舌百口，有刺耳的聲音，我也無法數清罪惡的類型，列舉每種懲罰的名字。」

83 阿爾圖洛斯（Arcturus），雅典的牧羊人，被幾個喝醉了酒的牧羊人殺害，主神朱比特將其安置於天上，變成了牧夫星座。

之心，他們過著幸福的生活；世上總存在著許許多多像他們這樣的愚人，把這類粗野的人敬奉為神。

不過，我無需這樣接二連三舉例為證，須知到處都有數不清的人因自我憐愛而感到幸福無窮。有人長得比猿猴還醜，卻自以為可與尼留斯比美，有人只不過用圓規畫出三個弧形的東西，便以歐幾里得自居。還有個「對著豎琴的驢子」，聲音比公雞叼住母雞時發出的咯咯聲更難聽，可他卻自以為唱得像第二個赫莫傑尼斯[84]。不過，令人最感愉快的蠢樣，倒是許多人自誇家中出天才，好像說的就是他們自己。做為這方面的例子是塞內卡著作中雙重幸運的富人。每當他有什麼故事要講時，他總是讓僕人呆在身邊，低聲說出一些人物的名字。儘管他非常虛弱，幾乎連一點生氣也沒有，他深知家裡有許多強壯的夥伴可做靠山，因此仍然準備好接受一場拳擊搏鬥的挑戰。至於那些以技藝為業的人，我該對他們說什麼呢？他們都各有其特殊形式的自愛之心，而你更可能見到的是一個寧願將祖傳的地產放棄，而不願將其才華所繫的領域讓出一寸的人。對於演員、歌手、雄辯家和詩人來說尤其如此。他們當中任何一類人越是淺薄無知，其自滿、自誇和自傲自大的程度就越出格。他們總是能找到氣味相投的捧場者，實際的情況是：獲得越多讚揚的東西往往越加愚蠢。最糟糕的東西往往最為大多數人所喜歡，原因正如我以前說過的，多數人容易與愚蠢結伴為伍。而且，要是一個藝術家技藝差勁卻對自己感到滿意，受到廣泛的讚美，那他為什麼非要下定決心去接受專門教育不可呢？首先，這要讓他付出巨大的代價，接著，他會感到更加緊張、更加忸怩不安，最後，喜歡他的人越來越少，這就是結局。

43

一如大自然將其自愛之心灌輸給每個人那樣，我可以見到，自負之心又將其共性賦予每個民族與城市。因此，英國人認為，除了其他天賦以外，英國人獨占

84 赫莫傑尼斯（Hermogenes），來自薩底亞的著名歌手。

鰲頭的還有漂亮的相貌、音樂的天才、精美的食品。蘇格蘭人引以為豪的是他們出身高貴，與英國王家有姻親關係的殊榮，還有他們的言談論證精巧入微。法國人以風格高雅自居，巴黎人格外賞識自己研究神學的聰明智慧，認為自己幾乎超越所有人。義大利人把文化和雄辯之才視同己有，從而洋洋得意，以為自己是舉世唯一的文明人。羅馬人在此類幸福中位居第一，至今夢境依稀，陶醉在羅馬往昔的光榮之中；而威尼斯人則另有其主見，認為自己出身高貴血統，其樂無窮。與此同時，希臘人以為自身是技藝的創始人，至今仍想像著自己應分享往日傑出的英雄人物的榮光。至於土耳其人和所有那些地地道道的野蠻人則要求其他人承認其宗教，並嘲笑基督教徒迷信。猶太人走得更遠，至今仍虔誠地等候著他們的復國救主，仍緊抱著摩西[85]不放。西班牙人認為自己戰功赫赫，舉世無雙，而德國人則以身材高大、精通魔術自豪。

44

我相信，無須我進一步詳談，你們便能明白，自愛之情會給人——無論個人還是集體——帶來多麼大的愉快，而「自負」的姐妹「諂媚」也能做出幾乎同樣的事。自愛只不過是自己奉承自己，要是你對別人做出同樣的事，那可就變成諂媚了。奉承別人今天已經落得聲名掃地，不過這只限於那些重名不重實的人才有此看法。他們認為諂媚奉承是和真誠不相容的，可是，我們只要舉野獸為例，便可證明他們是完全錯誤的。世上沒有任何一種動物比狗更會諂媚奉承，可也沒有比狗更加忠誠。世上哪有像松鼠那樣迷人的跳法，可是，你往哪裡找到對人更加友好的朋友？除非你認為凶猛的獅子、殘忍的老虎或者危險的豹對人的生活更有助益，那當另作別論。的確，人間存在著一種敗壞道德的諂媚，許多奸詐者便利用它來進行哄騙愚弄，目的是把不幸的受害人徹底摧毀。可是，我所採用的形式

85 摩西（Moses），《聖經》故事中猶太人的古代領袖。

卻是來自純真的善心，它與美德更接近，而勝於其對立面——魯莽的譴責，也即賀拉斯所說的「粗暴、難以相處的乖戾」。我所採用的形式能使垂頭喪氣的人振作起來，使悲哀者獲得安慰，無情者振奮，冷若冰霜者動情，病人歡樂，任性者自行克制，有情人相伴相隨，結合在一起。它吸引兒童去學習識字，讓老人快樂，並以不得罪人的讚美方式給君王獻上忠告，提出意見。總之，它讓所有的人更加一致，讓自己看上去更加可愛，這就是幸福的真諦所在。有什麼比驢子互相依偎的方式更令人心曠神怡？我暫且不去說，諂媚在你們那著名的雄辯術中所起的重大作用；在醫術中起的作用更大，而在詩歌中則起著最大的作用，不過我要概括起來說，諂媚使人感到甜蜜，並給人際關係增添上一番甜美的風味。

獲得越多讚揚的東西往往越加愚蠢。
最糟糕的東西往往最為大多數人所喜歡，
原因正如我以前說過的，
多數人容易與愚蠢結伴為伍。

45

可是人們都說，受騙是不幸的。其實根本不是這麼一回事：不受騙才是糟透了的。誰認為一個人的幸福要看實事如何而定，他們可就錯到底了——幸福與否全看他本人的看法如何而定。因為世間人事十分複雜，模糊不清，難以確切知曉，正如那些最不自以為是的柏拉圖學派哲學家所說的那樣。反之，要是人們對任何事都能知道得一清二楚，多半會對生活樂趣發生干擾。最後，比起真實，虛假的事物更能影響人的心神。若想要見到此類事情發生在身邊的清晰範例，只需在布道的時候跑到教堂看看便行。教堂裡，每當某個嚴肅的論點在被說明解釋之時，人們打瞌睡的打瞌睡，打呵欠的打呵欠，要不就是坐立不安，可是，如果傳教士開始大聲叫喊（對不起，我的意思是演講），像他時常所做的那樣，講起某個荒謬的故事，聽眾便會一下子集中起注意力來，嘴巴張得大大的，聽到入迷。另一方面，要是這裡出現一個在寓言中有點名氣的神話式聖徒（如需範例，可以把喬治、克里斯托弗或芭芭拉列入這種類型之中），你便會發現，這個神話式的聖徒受到比彼得或保羅，甚至比基督本人更加虔誠的敬仰。不過，這不是目前要談的重點所在。

看來這樣得到幸福付出的代價微乎其微，可是要得到實實在在的東西往往麻煩事不少，甚至像語法這樣不關重要的事，要習得它也有麻煩。另一方面，意見卻極易形成，也同樣地易於帶來幸福，甚至有過之無不及。假定有個人正在吃腐爛的鹹魚，這些鹹魚在他看來簡直像是神仙的食物，儘管別人受不了那股臭味，難道這會影響到他的幸福嗎？反之，要是餌魚的味道讓某個人感到噁心，那它又怎能給生活增添好處呢？如果某人有個格外醜陋的老婆，可在他眼裡，老婆卻可與維納斯女神相媲美，難道她不等於與真正的美人一模一樣了嗎？有人擁有一幅用紅黃顏料塗抹成、拙劣透頂的畫卷，卻以讚美的眼神欣賞著它，相信這是出自阿佩萊斯或宙克西斯[86]之手。比起花費巨款購到其中一位藝術家的一幅真品，說不定卻無法加以欣賞的人，這個擁有拙劣畫卷的人肯定更加樂融融。我認識一個與我同名的人，他送

86 阿佩萊斯（Apelles），公元前四世紀希臘畫家。宙克西斯（Zeuxis），公元前五世紀末希臘畫家。

給自己新娘幾件珠寶的仿製品，可是由於他這個人能說會道，談笑風生，所以他讓妻子相信，這些珠寶不但貨真價實，而且是稀世珍寶，價值連城。好吧，如果這個年輕的婦女看上去非常快樂，正在盡情欣賞那色彩繽紛的玻璃珠子，那麼，她把這毫無價值的小玩意兒當成稀世之寶，小心地珍藏在家裡，這對她來說又有什麼不好呢？與此同時，她的丈夫既省了一筆錢，又可盡情欣賞妻子把假當真的錯覺，並讓她對自己深懷感激之情，好像他是送了花費大量錢財買來的東西似的。

有些人呆在柏拉圖的洞窟裡，只能以驚奇的眼光觀察各種事物的形影，並就此心滿意足，沒有覺察到他們尚有所失。還有一些哲學家，他們走出了洞窟，見到了各種真事實物。你說說看，上面兩類人有何不同？要是琉善筆下的密奇洛斯[87]可以把黃金夢繼續做下去，永遠致富，他必然沒有理由去祈求別的幸福了。因此，在上述兩種狀況之間，沒有什麼可供選擇的，如果有可供選擇之處，那也是愚人的境況會更好些，其原因首先在於他們的幸福無需付出什麼代價，只需略費口舌便行，其次，是因為他們與大多數人共同享有這種幸福。

46

的確，快樂除非與人共享，否則談不上有什麼好處。我們都知道，賢人為數微乎其微，總共就只有那一、二人。希臘人好幾個世紀裡，算得出來的賢人充其量只有七個。誰要是對他們更加仔細地考察一番，我敢保證，會發現當中最多只有一半人，甚至只有三分之一人是賢人。其次，就酒神巴克斯應享有什麼樣的名望而言，除了其他許多本事外，還應把他能使我們消愁解悶這個最出名的能力計算進去。當然話又說回來，這種消愁的效力持續不久即告消逝，因為酒一醒過來就如俗話所說：「你的煩惱又凱旋了」。

我所帶來的祝福不是比這更加慷慨和實在嗎？我讓心靈沉浸在永恆的陶醉之中，歡樂若狂，所有這些得來全不費力氣。其他眾神的饋贈不是均等發放的，而我卻讓所有的人都能得到我的一分贈禮。並不是任何地區都能釀造出既能消愁又

87 密奇洛斯（Mycillus），琉善所著《夢或雄雞》（*The Dream, or the Cock*）一書中的鞋匠，他埋怨說，半夜雞啼，弄得他做富人夢都做不成。

洋溢著巨大希望的高質醇酒。能獲得維納斯的饋贈，天生麗質的人不多，而得到墨丘利的賜予，擁有雄辯之才的人就更少。因致富而感謝大力神海克力斯的人為數不多，荷馬史詩中的朱比特也不是來者不拒，要權柄給權柄。戰神瑪爾斯時常在戰鬥中保持中立，不少人前往德爾菲聽阿波羅的神諭，歸來時鬱鬱不樂。農神薩杜恩的兒子會發出閃電，福玻斯則用他的弓箭把瘟疫射到人間，而海神涅普頓毀滅掉的生命要比他救起的更多[88]。至於地獄裡的主宰，冥王、紛爭女神、刑罰女神、熱病女神等等，我不稱他們為神，而是凶手。只有我——愚神——才會不分親疏，一視同仁，樂於助人。

47

我不期望人前來祈禱，我也不因為某個儀式的細微末節被忽略過去而發脾氣，並要求贖罪。即便是有人向其他諸神發出請帖，卻把我漏掉，害得我連聞一下那盆熱氣騰騰的獻祭品都不行，我也不會鬧出天翻地覆的事來。其他的神對此類事全都格外挑剔，難以討好，所以比起向他們膜拜，不去管他們反而更好、更安全些。有些人情況與此極其相似，他們很難討好，動輒生氣，所以與其與他們為友，不如完全不跟他們打交道更加明智。

不過，有人說，沒有人向愚神獻上祭品或建立廟宇。一如我以前說過的，我對這種忘恩負義的行為深感驚異，不過，我心平氣和，隨遇而安，對此絕不耿耿於懷。此外，我也說不準這就是我想要的東西。為什麼我會需要一陣焚香的氣味，一頓獻祭的飯，一隻羊或一頭豬呢？世上所有的人都以備受讚美的方式崇拜我，甚至神學家也很贊成。黛安娜得到人類鮮血的供奉而感到愜意，難道我應該去羨慕她？我持有這樣的見解：我受到最真誠的崇拜，無論什麼地方，所有的人都把我放在心頭，他們的習俗裡面都顯出我，把我反映在他們的生活方式之中——實際上他們正是這樣。這種崇拜形式甚至在聖徒和基督信徒中也是少見

88 福玻斯（Phoebus），希臘神話中的太陽神和詩歌音樂之神。涅普頓（Neptune），羅馬神話中的海神。

的。只給聖母瑪利亞點燃蠟燭，甚至大白天無需點燭時也點，這樣的人何其多，而努力去仿效聖母貞潔的生活、她的謙虛和熱愛聖物的人又何其少。可是，這才是真正的禮拜儀式，也最為天上所接受。此外，我需要個神殿做什麼呢？整個世界都是我的神殿，如果我沒有弄錯的話，那也是一座非常完美的神殿，只要世上還有人，我就不會找不到教士去為我的神殿服務。我也不會愚蠢到要求人們去雕刻石像，並塗上顏料，這只會損害對我們眾神的崇拜。愚人和笨蛋會去崇拜偶像而不去敬仰它們所體現的神性，我們於是碰上了被自己的替身所取代的厄運。我想，世間有多少個臉孔活像我，我就能算得出自己有多少個雕像，不管你們是否願意。因此，我沒有理由要去妒忌其他眾神，因為他們各自在自己的地區、在特定的日子裡受到信奉崇拜，例如阿波羅在羅得島，維納斯在賽普勒斯，朱諾[89]在阿爾戈斯，密涅瓦在雅典，朱比特在奧林帕斯山，涅普頓在塔蘭托，以及普里阿普斯在蘭普薩庫斯。可是對我來說，整個世界不斷且一致地把更加珍貴的祭祀品獻給我。

48

如果有人認為我是在異想天開，說的不是實話，那就讓我們來看看一般人的生活方式吧，屆時一切就會十分清楚：無論是大人物還是小人物，全都對我十分領情，非常感激。我們不必去探究各種生活的情況，這樣做太花費時間，不過，不妨挑選出一些突出的事例，這樣便可舉一反三，易於對其餘的做出判斷，這一來再去提起那些毫無疑問和我一伙的庸夫俗子就毫無意義了。他們有著各式各樣的愚蠢行為，而且每天都翻新花樣，冒出許多愚蠢的新招，即使有一千個德謨克利特來嘲笑他們，仍嫌不足，以致我們經常感到還得再添上一個德謨克利特。你們這些可憐的人每天能給諸神提供如此之多的笑聲、娛樂和趣味，真是難以置信。因為諸神把早晨這段清醒的時間用來解決各種爭吵的事，並傾聽祈禱，可一旦美酒不斷斟滿杯子，他們便想換換口味，不談正經事，於是呆在天上的懸崖，

89 朱諾（Juno），羅馬神話中的天后，係主神朱比特的妻子，主司生育婚姻等。

側身俯瞰著人間芸芸眾生的所作所為。比起其他事，此情此景在諸神看來更是其樂無窮。

天哪！人間的一切是一場多麼可笑的鬧劇，這些愚人在各色人等中應有盡有！我時常親自到他們當中去，坐在詩人的繆思女神中間。這邊是個男人，為了個年輕女人神魂顛倒，他越是墜入情網、難以自拔，對方就越不以愛報愛，置之漠然。另一個人不是娶妻，而是娶嫁妝。有人讓他的新娘賣淫，有人則用百眼巨人阿耳戈斯[90]那種猜疑妒忌的眼神盯著自己的妻子。這兒有人穿著喪服，可是，哎呀！他說的做的是些什麼樣的傻事！原來他雇用了幾個職業送葬人，像演員那樣來表演一齣悲痛的喜劇。有人在繼母的墳上灑淚。有的人把他艱難積蓄起來的一切全吃進肚子裡，接著很快又挨飢受餓；而另一個人卻以遊手好閒，整天睡大覺為幸福。還有一些人把時間全都花在為別人的事情奔忙上，卻忽略掉自己的事。有人靠借貸為生，已臨破產邊緣，卻仍以富豪自居。有的人一無所有，過著叫化子般的生活，目的是要讓自己的繼承人成為富人。這個人為了點微不足道而又靠不住的財富，便遠渡重洋，到處搜尋，竟把金錢買不了的生命委諸風浪。那個人寧願在戰爭中尋求幸福，而不願在家中過著平安的生活。有些人相信自己已經找到了一條通往致富的捷徑，辦法是和孤寡老人交朋友，還有不少人帶著同樣的目的討富裕的老嫗歡心。當他們反而陷入自己設置的圈套，作繭自縛時，當事人便給旁觀諸神提供了一件特別有趣的笑料。世間最愚蠢最自私之輩就是那幫商人，因為他們用最自私的方法作最自私的生意，儘管他們的謊言、偽證、盜竊、作假和欺騙隨處可見，他們仍然自以為比別人高出一籌，原因只是手指頭戴著幾個金戒指可供誇耀。還有許多馬屁精跑出來唱頌歌，當眾稱這些商人是誠實人，目的無非希望到時會分得點兒不義之財。

你還會在別的地方見到一些畢達哥拉斯派的信徒，他們的財產共有制信念發展到了極端，以致他們把四周無人看管的東西一概視為己有，撿起就跑，良心上毫無不安之感，好像這是根據法律歸他們所有似的。還有些人只不過在祈求致富，生活在美夢之中，也就覺得很幸福了。有些人到處享有富裕的聲譽，可實際

90 阿耳戈斯（Argus），希臘神話中的百眼巨人，負責守護宙斯所愛的少女艾奧。

上在家裡卻在挨餓。有人揮金如土，一轉身便把手頭的錢花光，有人不擇手段把一切財物貯藏起來。有人為求得公職而奔跑活動，有人則以呆在爐邊烤火為樂。許多人沒完沒了地在那裡打官司，他們都力圖制伏對方，結果卻讓那位把訴訟拖延下去的法官和那個與對方勾結的律師雙雙中飽私囊。有人熱衷於轟轟烈烈的劇變，有人則為了某個巨大的工程埋頭苦幹。還有人拋妻別子，離家前往耶路撒冷或羅馬、聖雅各聖地，但其實他完全沒有必要到那邊去。

總之，要是你能夠從月球上俯瞰，像邁尼普斯所做的那樣[91]，見到數不清的人群，你會以為你看到的是成群的蒼蠅或蚊子，正在那裡互相爭吵、打架、搞鬼、偷竊、玩耍、做愛、生育，緩緩變老隨後死去。很難相信，這些小生物儘管生命非常短促，卻會鬧出如此之多的麻煩事和悲劇，因為有時一次短暫的戰爭或一次瘟疫的蔓延就會立刻帶走和毀滅掉數以千計的生靈。

49

要是我把形形色色的愚蠢和瘋狂行為逐一列舉出來，那我真是其愚透頂，必將引起德謨克利特的一陣陣大笑。讓我們來看一下芸芸眾生中以智慧聞名，並在尋求所謂「金枝」[92]的那些人吧。他們當中，文法學家處於首位。要不是我用一種看似快樂的瘋癲憨態來沖淡文法學家這種痛苦職業的艱辛，他們一定會成為世人中最不幸、最可憐、諸神最為憎恨的人。因為他們不但面臨「五種詛咒」——即希臘諷刺詩中提到的五種災難[93]——而且面臨著六百種詛咒，他們在學校裡身處學童之中，經常挨餓，一副骯髒相。我稱之為學校的處所，其實不如說是他們的「思想店」，或者更貼切地說，是他們的磨坊或拷問室。在那裡，他們在勞累中變老，在喧嚷聲中變重聽，在惡臭與汙穢中日益消瘦。可是，幸虧有我，他們

91　典出琉善《對話集》（*Dialogues*）。

92　《艾尼亞斯紀》第四卷中女預言家給艾尼亞斯的金枝，象徵智慧。

93　指眾神之怒、毀滅、靈魂墮入地獄、成為惡犬的獵物、猛禽和朱比特之怒。

才覺得自己是人中之傑的一流人物，而當他們用威脅的聲音和眼神恐嚇那群發抖的小朋友時，當他們用戒尺、樺條和皮帶抽打那些可憐的學生時，當他們像那頭披著獅皮的著名驢子那樣為所欲為，拿學生出氣時，他們真是得意洋洋。與此同時，他們生活在骯髒、貧困的環境之中，卻自認居於優雅之地，覺得惡臭聞起來味同墨角蘭草，而那可憐的苦役像是君權一樣，因此，他們不會把自己那定於一尊、獨斷專行的權勢，拿去換取法拉里斯或狄奧尼西奧斯[94]的權力。

不過，他們對自己所擁有的學識深信不疑，從中得到更大的幸福。你看，他們又在用徹頭徹尾的謬論硬塞進孩子們的腦子裡，而把自己擺在高出帕萊蒙或多納圖斯[95]一籌的位置上！他們用一種令人信任的方式，巧妙地耍弄手法，說服學童們愚蠢的母親和無知的父親去接受他們的自我評價。文法學家們還有以下這種快樂：每當他們中有人在一張古舊的手稿上發現安喀塞斯的母親的名字，或者一般人不懂的某些無關緊要的詞，例如「bubsequa」、「bovinator」、「manticulator」，或者如果有人掘出一塊石頭，上面有些片斷的碑文[96]，噢，朱比特！那是多大的歡樂！多大的喜悅！多大的讚揚！就像他們是征服了非洲或占領了巴比倫一樣。另一方面，當他們持續發表那些平庸無力的詩篇——即他們自唱自吟、徒勞無益的東西——可是竟發現不乏讚美的人，這一來，他們當然相信維吉爾的神韻又在他們身上再現了。但最滑稽可笑的是，他們彼此間互致敬意，互表謝忱，這是一種互相捧場的做法。可是，如果有人說錯了句話，而被他那個目光敏銳的同伴恰巧抓住了，大做起文章來，海克力斯啊！這是多麼動人的戲劇性場面！多麼猛烈的鬥爭到底！責備加辱罵！如果我撒謊，舉世的語法學家都可以對我群起而攻之。

我認識一個「樣樣能，無樣精」的人，他是個希臘文和拉丁文的學者、數學家、哲學家、醫生，「一派王侯的風度」，此人年已六十，他置其餘一切於度外，花費二十年的時間苦苦鑽研語法。他認為，要是時間許可，讓他在有生之年

94 狄奧尼西奧斯（Dionysius, c. 430–367 BCE），敘拉古僭主，曾征服西西里和義大利南部。他以極殘忍的手段鞏固、擴充自己的權力。

95 帕萊蒙（Palaemon），第一個羅馬語法家，曾寫出一部綜合性的語法專著。多納圖斯（Donatus），生活於四世紀，語法家。

96 安喀塞斯（Anchises），特洛伊王子，與阿芙蘿黛蒂女神私通，生下了艾尼亞斯。「bubsequa, bovinator, manticulator」為拉丁文中少用之詞語，意思分別為牧牛人、（像牛一般）嚎叫者、扒手。

把八大詞類精確地加以區分，那將是他最大的幸福，須知迄今為止，尚無一個用希臘文或拉丁文寫作的人曾將所有詞類融會貫通。這時要是有人認為一個連接詞具有相當於副詞的作用，那還得了，能不發生一場戰爭嗎？為了這個目的，有多少個語法家就有多少部語法書，甚至更多（因為我的朋友阿爾杜斯[97]一個人就出版了不止五部語法書），但我們這位朋友對任何一本語法書——不管多麼粗製濫造或者冗長乏味——都逐一從頭到尾細加推敲審視。他對任何人在這個領域裡粗製濫造的成果都很猜忌，原因說起來也很可憐，他生怕有誰會得獎，使得他多年來的一切辛勞付諸東流。你要把這稱為瘋狂還是愚蠢呢？這對我並沒有什麼區別，只要你承認，正好是由於我的緣故，才使得本來陷入最不幸的境界的人，升上無限幸福之域，連波斯王的地位他也不願與之互換。

97　阿爾杜斯·馬努提烏斯（Aldus Manutius, 1450–1515 CE），義大利印刷、出版業名人，曾創辦阿爾定印刷所，刊印希臘和羅馬古籍。

要是你能夠從月球上俯瞰，像邁尼普斯所做的那樣，
見到數不清的人群，你會以為你看到的是成群的蒼蠅或蚊子，
正在那裡互相爭吵、打架、搞鬼、偷竊、玩耍、做愛、生育，
緩緩變老隨後死去。
很難相信，這些小生物儘管生命非常短促，
卻會鬧出如此之多的麻煩事和悲劇……

50

大家公認詩人與我是一派的人，但他們不願感激我，因為像俗話所說的：他們都是「自由人」。詩人的唯一興趣，是用一派胡言和無聊的故事讓愚人聽得心裡樂滋滋的。可是，說來奇怪，詩人指望依靠這些來求得不朽，並得到他們自以為能達到的、像神那樣的生命，他們也向別人做出相類似的允諾。「自負」與「諂媚」是他們的特殊朋友，沒有其他人以如此全心全意的虔誠來崇拜我。

接著讓我們來看看雄辯家。他們可能會與哲學家站在一邊，而不願承擔義務，不過，他們確實是屬於我的——雖然有其他諸多證據，但請看我如此證明這麼個事實：他們所寫的種種瑣事，包括許多精心寫出來的篇章，裡面論述的是開玩笑的理論。因此，那位把自己的《修辭學藝術》獻給赫倫尼烏斯[98]的人（無論他是誰）把愚蠢列入妙語的類型之中；而位居雄辯家之首的昆體良則寫過比《伊里亞德》更長的論「笑」的章節。雄辯家們給愚人以極高的稱讚，相信那種憑論據無法駁倒的事物，時常能用付之一笑擋開，除非有誰認為，按計畫靠妙語引起一陣笑聲與愚神無關。

那些想靠寫書來求得不朽之名的人屬於同一個類型的人。他們都應該對我深表感激之忱，尤其是那些廢話連篇，胡亂塗鴉的人更加如此。但那些把自己淵博的學識用於寫作，獻給少數學者的人，他們渴望能得到柏修斯或萊利烏斯的評價[99]。這些人在我看來似乎也不受好運關照，自己老是和自己過不去，真夠可憐。他們一直在那裡從事增補、改動、刪節、擱置、拿起，重新措辭，讓朋友看看，前後花去九年，始終不感到滿意。而他們從少數人處聽到的一、兩句讚揚之詞，是一種毫無用處的獎賞，他們可是付出了這麼些代價才獲得的：多少個深夜不眠，失去世間最甜美的東西，還貼上多少汗水，多少苦惱！接踵而來的是健康惡化，他們的視力受到了損害，成了半盲或全盲，貧窮，滿懷怨恨，與歡樂絕

98 赫倫尼烏斯（Herennius），公元前三世紀的薩莫奈（Samnium）將軍。修辭手冊《赫倫尼烏斯修辭學》（*Rhetorica ad Herennium*）認為「愚蠢」也是修辭的一種手法。此書相傳係西塞羅所著。

99 柏修斯（Persius, 34–62 CE），古羅馬諷刺詩人。萊利烏斯（Laelius），指小萊利烏斯，活動時期公元前二世紀，羅馬軍人、政治家，在西塞羅的《論老年》（*Cato Maior de Senectute*）、《論友誼》（*Laelius de Amicitia*）和《論國家》（*De Re Publica*）等對話錄中做為談話者之一登場。

緣，未老先衰，英年早逝，以及其餘應有盡有的災難。可是，賢人卻相信，如果他能獲得某個半盲的學者的讚許，他一切的不幸便全得到了補償。

我團體裡的一名作家，行為方式古怪，卻幸福得多。他從未度過不眠之夜，他浮想聯翩，想到什麼就寫下什麼，甚至純屬夢想的東西也是，這對他來說需要付出的代價無非就是幾張紙罷了。他很清楚，他所寫的瑣事越是微不足道，欣賞作品的讀者就越多，這類人全由無知無識之輩和愚人構成。即使有兩三個應該有讀過這些作品的學者出來指責作者的做法，那又有什麼關係呢？估計為數寥寥的幾個專家學者，怎能敵得過眾多的讚賞者呢？還有一些人顯得更加得意洋洋，他們把別人的作品當成自己的加以發表，只在詞句上略加改動，以便把別人靠辛勞得來的聲譽攫為己有。他們自己鼓勵自己，認為即使有一天剽竊行為被揭露出來，他們已經有一段時間嘗到甜頭了。他們那副自鳴得意的樣子真值得一看，這種情況出現於他們在公共場合受到讚揚，以及在人群中被認出來之時（「就是他，那位偉大人物！」），或者當他們的作品在書店裡展覽，每張扉頁上都醒目地印著他們的三個姓氏名字之時。這些姓名大都外來味道十足，顯然是想把人迷住，儘管天曉得，這無非就是名字罷了！要是你考慮到世界何其之大，就會明白聽過這些名字的人何其少，而讚美這些名字的人則更少，因為甚至那些無知無識的人也各有所愛！還有，這些名字多半是編造出來的，要不就是從古人的著作裡借用來的，所以一個人可以取名為鐵拉馬庫斯、斯忒涅洛斯或拉爾特斯[100]。有的人喜歡取名為波利克拉特斯，有的則樂意叫做塞拉西馬柯，有的要你在書上題名為「變色龍」或「葫蘆瓜」，或者像哲學家所做那樣，又加上個字母「A」或「B」[101]。但最詼諧的是他們互相致函，用詩篇互相唱和，互致頌詞，一個無知無識的愚人為另一個愚人捧場。一人推舉另一人為阿爾卡埃烏斯，因此後者也推舉前者為卡利馬科斯；後者認為前者比西塞羅高出一籌，前者也就聲稱後者比柏拉圖更博學[102]。有時他們還蓄意找尋對手進行抗衡，藉以提高自己的知名度。於

100 鐵拉馬庫斯（Telemachus），奧德修斯和潘妮洛碧之子，幫助其父殺死其母的求婚者。斯忒涅洛斯（Sthenelus），特洛伊戰爭時，曾指揮阿爾戈斯人作戰。拉爾特斯（Laertes），希臘神話中奧德修斯之父。

101 波利克拉特斯（Polycrates, 570?–522 BCE），愛琴海薩摩斯島的僭主，曾與埃及結盟，但公元前五二五年波斯進犯埃及時，他又背棄盟友，派四十艘船隻參加波斯艦隊。塞拉西馬柯（Thrasymachus），公元前五世紀雅典雄辯家。「加上個字母『A』或『B』」係指亞里斯多德派學者常用拉丁字母代替數字等符號。

102 阿爾卡埃烏斯（Alcaeus, 620?–580? CE），古希臘抒情詩人。卡利馬科斯（Callimachus, 305?–240? BCE），古希臘學者，亞歷山大派代表詩人。

是隨波逐流的群眾分成兩種對立的觀點，直至雙方的領袖都以勝者的姿態出來慶祝自己的勝利時為止。

聰明人嘲笑這種行徑，因為誰也不會否認這是一種最愚蠢的行為。但與此同時，我也讓這些人的生活過得歡樂愉快，他們也因此不願和大小西庇阿[103]的勝利對換。別的人也都十分領我的情，原因是他們從嘲笑這種愚蠢行為中獲得極大的樂趣，並對同伴的瘋狂行徑感到歡快。儘管他們都是些學識淵博的人，但對此情況無法否認；他們要是否認，便不能不被視為最忘恩負義之人。

51

在學者群中，法學家占首位，他們是當中最自鳴得意的人，他們像薛西弗斯[104]推石上山那樣，同時把六百條法律串連在一起，不管其有關與否，總之是在一種鑑定意見上再堆積意見，在註解上再加註解，使得他們的職業看上去似乎是世上難中之難。舉凡引起麻煩的事，在他們看來都有其特殊的法律意義。讓我們把詭辯家和邏輯學家也歸入他們一類人中，這伙人發出來的叫喊聲要比多多納的銅鑼[105]更響。他們當中的任何人都可與二十個精選出來，最饒舌的婦女相媲美，不過，如果他們只是多嘴，而不好爭吵，倒還會快樂些——可他們往往會為了一樁根本不存在的事拚老命打得你死我活，他們在爭論進行得如火如荼之際，通常對真理視而不見。不過，自負心使他們處在歡樂之中，而三個三段論法則把他們全身武裝起來，直奔戰場，對任何問題、任何人物都敢一鬥到底。你盡可把斯滕托爾[106]推出來和他們相對抗，但這些人頑固的性格使他們不獲勝絕不罷休。

103 大西庇阿（Scipio Africanus, 237–183 BCE）和小西庇阿（Scipio Aemilianus, 185?–129 BCE）皆為古羅馬統帥。

104 薛西弗斯，希臘神話中的狡猾君主，死後墮入地獄，被罰推石上山，但石在近山頂時又滾下，於是重新再推，如此循環不息。

105 多多納（Dodona），希臘主神宙斯的古神殿，那兒有一面大鑼，每有微風吹動，上面小人手中的鞭子就敲動銅鑼作響。諺語「多多納的銅鑼」指喜歡嘮叨，講話沒有內容的人。

106 斯滕托爾（Stentor），特洛伊戰爭中的希臘傳令官，聲音極洪亮，可抵五十人。

52

接踵登場的是哲學家，他們披著斗篷，留著長鬍子，使人不能不一望而肅然起敬。哲學家堅決認為，只有他們才擁有智慧，至於所有其他凡夫俗子只不過是浮雲掠影，瞬息即逝。他們的智慧無疑是一種愉快的瘋狂形式，促使他們去構建無數個體系，並憑經驗或一段繩子來測量太陽、月亮、星星和各種天體，提出理由來說明雷電、風、日蝕、月蝕和其他無法解釋的種種現象。他們從未有過片刻的猶豫，彷彿他們有辦法進入大自然的祕密，了解宇宙設計師的心思，或者從諸神會議那邊徑直來到我們這兒。與此同時，「大自然」卻對他們及其所猜想臆測的東西，微微付諸一笑，因為從他們在每個問題上所進行的無窮無盡的辯論，便可非常清楚地看出，他們完全缺乏確實的證據。他們什麼也不懂，卻宣稱知道一切。儘管他們甚至無自知之明，有時連橫亙在路上的溝渠或石頭都看不見，原因是他們當中多數人都是半盲，或者人在此而心在彼，可是他們還是自誇能明察那些我想連林叩斯都無法察覺的理念、普遍概念、個別形式、主要命題、本質性事物和個體性。他們總是把一些三角形、四邊形、圓形之類的數學圖形擺出來，互相堆疊，盤根錯節，纏結成一個像迷宮的結構，接著又把字母文字排列成行，時而在這裡，時而在那邊，到處展開隊形，目的是讓那些教養欠佳的人眼花繚亂。還有些人則靠占星術來預知未來的命運，給奇跡般的前途許願。他們非常幸運，發現有人對此也深信不疑。

53

接下去是神學家，這是一批目空一切、動輒以怒的人。我也許最好是保持沉默，擱下他們，不去「攪動卡馬利納沼澤的泥漿」[107]，不去抓住有毒的植物為佳，免得他們羅列出無數條罪狀，興師動眾向我進攻，迫得我只好收回前言，承

107 卡馬利納沼澤（Camarina），西西里島上有毒氣的沼澤。

認錯誤。要是我拒絕這樣做，他們便會立即痛斥我是個異端分子——這是他們用來射擊受他們厭惡的人的雷霆之箭。現在他們比誰都不願意承認受過我的恩惠，可是，他們在一些重要問題上都欠我人情，最明顯的是我讓他們擁有自負心的快樂，這使他們得以置身於一種形同第三天界之境，居高臨下，幾乎帶著憐憫之情俯瞰著一大批像牲口般在地面上匍匐前進的其他眾人。與此同時，有一大批經院哲學家提出種種定義、結論、推論和明確、含蓄的命題支持神學家們。他們以擁有許多「避難穴」而自豪，因為這麼一來，伏爾甘的網罟[108]就無法阻止他們借助各種詞語上的區別而逃之夭夭。須知他們就是靠這些區別，輕而易舉地用快刀斬亂麻的方法砍斷死結的（即使是從忒涅多斯[109]那裡拿來的雙面斧頭也不會比這招更管用），原因就在於他們有著無數新造出來的詞語和發音奇特的字詞可以使用。

此外，他們為了能按自己的意願行事，去解釋各種玄奧的神祕事物，例如：世界是如何創造和安排的？罪惡的汙泥濁水是經由何種渠道滲透傳入後代的？基督是靠什麼方法、在多大程度上，以及用多長的時間在聖母瑪利亞的腹中形成？

為何在聖餐儀式裡面，意外的事件能夠在沒有實體的情況下繼續存在？但這類問題已經是人們一談再談，枯燥乏味的老套了。還有其他一些更值得有見識的大神學家（他們這樣自稱）關注的問題，碰到這類問題的確能促使他們行動起來。神的生育是否有準確時刻？基督身上是否有數種血緣關係？天父會恨其子這個命題是否有可能？神是否會以女人、惡魔、驢子、葫蘆瓜或打火石的形式顯現？情況如果是這樣，葫蘆瓜怎有可能出來布道、創造奇跡，以至被釘在十字架上？當基督的軀體還懸掛在十字架上的時候，聖彼得此時舉行聖禮，他會用什麼來祝聖呢？再者，此時此刻，基督是否可被稱為人？我們復活之後，是否還允許飲食？趁還有時間，我們得採取預防飢渴的適當措施。「詭辯」不勝枚舉，更有關於概念、形式、本質、個性等等更加深奧的問題，這是誰也無法看見的，除非他能夠像林叩斯那樣，透過沉沉的漆黑看到並不存在的東西。

接下去還得談一下他們的那些「格言」，說來其「悖理」的程度，相較之

108 伏爾甘曾用一張隱形的網將對自己不忠的妻子維納斯及其情夫瑪爾斯綁住。

109 忒涅多斯（Tenedos），愛琴海中小島，忒涅多斯王讓人用斧頭砍殺亂興訴訟的人，因此他的斧頭代表正義之斧。

下，就連那些以悖論聞名於世的斯多葛派學者的見解，似乎也平庸遜色得多。例如，他們認為，屠殺千人的罪惡，比起用星期天這個主日去替窮人補鞋的罪惡要輕些。他們還說，與其說點輕微的謊言，還不如讓整個世界毀滅得什麼都蕩然無存更好些。這類玄而又玄的東西，由於各色各樣的經院學派把他們的意見增添進來而變得更加玄妙，這一來，要從唯實論者、唯名論者、托馬斯派、艾爾伯圖斯派、奧坎派和司各脫派[110]那種折磨人、費解的文字中解脫出來，比從迷宮裡跑出來更難——須知我這裡談的只不過是一些主要的學派，還不是所有的學派。他們所顯示出來的學識淵博而又錯綜複雜的情況就是這樣，所以我在想：使徒們如果得去同這些新型的神學家討論這類問題，那他們就必須求助於其他的聖靈了。

保羅可以表現出信仰，但當他說：「信就是所望之事的實底，是未見之事的確據」[111]時，他的定義是完全非神學式的。儘管他提供了愛的最佳例子，但在他的〈哥林多前書〉第十三章裡面，他沒有按照邏輯論證的規律來對愛進行分類或下定義。使徒們是以十分虔誠之心來行聖事的，但要是他們被問起下列諸問題，即：「起點」（terminus a quo）在哪裡，「終點」（terminus ad quem）在何處；

有關聖餐變體以及同一個身軀怎能處於幾個不同的處所；天上的基督、十字架上的基督，聖餐聖事中的基督有何不同；以及發生聖餐變體的準確時間——鑑於影響變體的祈禱有明確的時間長度，我認為，他們回答上述問題時無法提出像司各脫派的論述和定義那麼精細入微的辯證。使徒們本人認識耶穌的母親，但他們中間有誰用過我們的神學家所提示的邏輯來證明她純潔無瑕，不沾染上亞當之罪呢？彼得接到了天國的鑰匙，是從一個不會把鑰匙交給不可信賴者的人那邊接到的。可是，我懷疑彼得是否了解（他半點也顯示不出他具有敏銳的推理能力）一個沒有知識的人仍然能掌握通往知識之門的鑰匙。使徒們無論到哪裡便把洗禮施行到那裡，可是，不論在什麼地方他們都沒有把洗禮在形式上、實質上、效能上和目的上的原因教給別人，也沒有談及聖事中可洗掉與不可洗掉的標誌。他們的

110 托馬斯派指托馬斯．阿奎那派。阿奎那（Thomas Aquinas, 1225?–1274 CE）係中世紀義大利神學家和經院哲學家。艾爾伯圖斯（Albertus, c. 1200–1280 CE），十三世紀哲學家、科學家和神學家，知識淵博，因在巴黎大學宣揚亞里斯多德主義並且是托馬斯．阿奎那的老師而聞名。奧坎（Ockham, 1285?–1349?），英國經院哲學家、邏輯學家，中世紀唯名論主要代表，方濟各會修士。司各脫（Scotus, 1265–1308），是蘇格蘭經院哲學家和神學家，唯名論者。

111 《希伯來書》11:1。

確在禮拜上帝，不過是在內心按照福音書中所說的行事：「神是個靈（或無個字），所以拜他的必須用心靈和誠實拜他。」[112] 顯然他們從沒有得到啓示，認為用木炭畫在牆上的基督畫像也應像基督本身一樣得到同樣的禮拜，即使這幅圖像兩指前伸，長髮披垂，還有三道光線從腦後的光環中發射出來。誰又能夠理解這一切呢？除非他花費掉整整三十六年的時間去研讀亞里斯多德和司各脫的自然哲學和形上學。

同樣的，使徒們也一再講授恩典論，可是從未對實際恩典與聖潔恩典進行過區分。他們勸人行善時卻對「人之所為」（opus operantis）與「事之所成」（opus operatum）不加區分。他們到處教導人們以慈善為懷，卻不區分先天慈善與後天慈善。他們也不說明這是偶然的還是本質的，是被創造出來的還是非創造的。他們憎惡罪，但我可以拿生命發誓，他們對我們稱之為罪的東西無法提出一個科學定義，須知他們未曾受過司各脫派精神的熏陶。

如果說保羅洞察那類精細入微的問題（根據他的學識我們便可推斷出所有使徒的水準），那我怎麼也不相信他會那樣經常對質疑、辯論、系譜以及他本人稱之為「舌戰」的東西加以譴責。尤其是當時各種爭論和不同意見，如果拿來和今天克律西波斯[113]派經院哲學家們的巧論做一比較，一定顯得粗糙而又平淡。不過這些經院哲學家全都十分謙虛——要是使徒寫的東西不完善，缺乏大師的格調，他們也不會直截了當地加以指責，而是提出一種適當的解釋。我認為這樣做是為了對作品的古老傳統和使徒作者表示敬意。有關這類事，使徒們從未自其導師那裡聽到過隻言片語的指示，因此，指望從使徒們身上得到規範性的指導是不公平的。如果同樣的事情發生在屈梭多模、巴西略，或傑羅姆身上[114]，學者們便有充分理由寫道：「無法認可。」

使徒們還駁斥異教哲學家和猶太人（他們生性便是人中最頑固者），但主要是通過生活方式和種種奇跡來示範，而不是用三段論法，尤其是碰到一些在智力

112 〈約翰福音〉4:24。

113 克律西波斯（Chrysippus, c. 280–206 BCE），索利的希臘哲學家，是將斯多葛派哲學系統化的主要人物。

114 屈梭多模（Ioannes Chrysostom, c. 347–407 CE），或譯「金口約翰」，古代基督教希臘教父。巴西略（Basil of Caesarea, 329–379 CE）為基督教希臘教父。傑羅姆（Jerome, 347–420 CE），早期西方教會教父，通俗拉丁文本《聖經》譯者。

上無法掌握司各脫的一條「純理論辯論」（quodlibet）的人時，更加如此。可是今天，碰上這類高超奧妙的理論而不立刻拔腿逃之夭夭的異教徒或異端者是找不到的；除非他是個笨頭笨腦、無法領會這種妙論的人，要不就是個放肆無禮者，憑著大喊大叫來壓倒對方，或者是在同樣的環境中被培養出來，兩方廝殺起來真是棋逢對手，不相上下——彷彿是讓魔術師對抗魔術師，或者讓一個帶有魔劍的人去和另一個同樣帶有魔劍的人廝殺。這確實形同潘妮洛碧的織布，一直在那裡織織拆拆，沒完沒了。可是按我的意見，基督徒應能顯示出自己是有見識的人，他們不應該去派遣那些屢戰無功的愚蠢軍隊，而是派出這些雄辯的司各脫派、固執的奧坎派，以及不知戰敗為何物的艾爾伯圖斯派，連同詭辯團去與土耳其人和撒拉森人[115]作戰。我想，這麼一來他們一定會親眼看到一場真正激烈的戰鬥，以及前所未有的勝利。因為誰會始終那麼冷血，不為他們的足智多謀所動？誰又會那麼遲鈍，不在他們抨擊的激勵之下奮起戰鬥呢？又有誰眼光如此敏銳，使得他們沒有辦法讓他在黑暗中摸索呢？

你說不定會以為，我說出所有這些無非是開開玩笑而已，這也難怪，因為神學家當中也有受過優良教育的人，為這類神學上的雞毛蒜皮之事感到厭惡，把這類細微末節的事視同信口開河的無聊舉動。另一些神學家則認為，任何人信口談聖事，是一種極其嚴重的褻瀆形式，聖事要求崇敬而非解釋，不是用汙言穢語，也不是用異教徒那種不聖潔的花言巧語來辯論，不是擅自下定義，不是用繁瑣的，甚至是骯髒的言詞和情趣來玷汙神聖神學的尊嚴。然而，做出這種事的人卻在自鳴得意和沾沾自喜中樂此不疲，日夜忙於這類自享其樂的蠢事，弄得連一點餘暇的時間都沒有，甚至無法通讀一遍福音書或保羅書信。正當他們在學院裡把時間浪費在這種胡鬧的蠢事中時，這幫人相信是他們用三段論法把整個教會支撐起來，要不然，教會就會垮掉，一如詩人描述巨神阿特拉斯[116]以雙肩撐天那樣。這一來，你可以想像出他們該有何等快樂：他們可以一而再，再而三地塑造出聖經來，彷彿聖經是用蠟捏成的；他們堅決認為他們（只有少數經院派學者同意）的結論應置於比梭倫法律更重要的位置，並比教宗的教令更可取。他們還把自己

115 撒拉森（Saracen），古希臘後期及羅馬帝國時代敘利亞和阿拉伯沙漠之間諸遊牧民族的一部。

116 阿特拉斯（Atlas），希臘神話中以肩頂天的巨神。

樹立為世界監察官，要求任何東西舉凡不完全符合他們的結論，不論是明擺著還是含蓄不明言的，都應公開認錯，予以撤銷。他們還作出神諭性的聲明：「這個命題是惡意中傷」、「這個不虔誠」、「這個發出異教的氣味」、「這個聽上去不真誠。」這麼一來，其結果是無論洗禮還是福音，保羅、彼得、聖傑羅姆、奧古斯丁，甚至那位「最偉大的亞里斯多德學派的學者」托馬斯都無法使人成為基督徒，除非這些道貌岸然的神學家表示同意，這就是他們做出判斷的奧妙所在。有些人認為「便壺啊，你臭氣沖天」和「便壺發出惡臭」兩句話都正確，或是「那些鍋的水開了」和「……那個鍋的水開了」兩句話都成立，若不是神學專家，大家怎麼會知道這種人無論如何都不能成為基督徒呢[117]？如果這些東西沒有蓋上學校的大印獲得發表，誰也還沒有讀過這些東西，有誰能夠把教會從蒙昧無知的謬誤中解脫出來呢？他們這樣做不是十分快樂嗎？

他們還樂從中來，細膩入微地描繪出地獄裡的各種事物，好像他們曾在那裡呆過幾年似的；或者海闊天空，任憑幻想飛翔，編造出新的天界，萬一受祝福的靈魂缺乏足夠的空間可以舒服地散步或舉辦宴會、球賽，他們便會將天界再加一層，達到最美最闊的境界。他們的頭腦全讓一些荒謬可笑的東西裝得鼓鼓的，其人與事全都同樣荒謬絕倫，因此，我相信連朱比特懇求得到伏爾甘之斧，幫助他讓雅典娜出生時，他的腦子也沒有感到這麼沉重[118]。因此，要是你見到他們在公開辯論會上把頭帶綁得緊緊就不足為怪了——這一來他們的腦袋才不至於炸開。我每一見到他們那樣以神學家自居便會暗笑起來：他們談吐特別粗野，措詞雜亂無章，說起話來含含糊糊、吞吞吐吐，弄得除了他們那伙口吃的難兄難弟之外，誰也無法理解，可他們卻把這種情況視為自己獨有的理解力，而為普通人所無法具備。他們堅決認為，如果他們說話非得遵循語法規則不可，那就會貶低聖經的威嚴高雅。看來這似乎是神學家最專有的特權，只有他們可以說話不符合語法；可是，他們正好和很多幹粗活的人共同享有這個特權。最後，每當他們被恭敬地稱為「Magister Noster」（長老）時，他們便覺得這個相當於猶太人表示上帝的

117 暗指十四世紀的牛津派和方濟各會神學家以「蘇格拉底在跑」和「蘇格拉底啊！你跑！」這兩句話為例，爭論神學上的二值性和模態邏輯一事。

118 雅典娜女神是從朱比特腦中誕生出來的。

「四字母詞」[119]，認為自己和上帝近在咫尺了。因此，他們說不把首字母大寫是法理所不容的，而如果有人把詞序顛倒過來說成「Noster Magister」，那他就一下子褻瀆了神學家稱號的整個尊嚴。

54

和這些人的幸福最近似的是那些一般稱為「修道士」或「僧侶」的人。其實這兩個名字都不正確，原因是他們中大部分人與宗教相去甚遠，不論你到哪裡去，很可能都會碰到這些所謂遁世的隱士。如果我不在許多方面出手幫助他們，相信世上不會有比他們更不幸的生活。這批人普遍受到人們的厭惡，所以甚至偶然碰上他們也被視為不吉的凶兆——可是，他們卻深深地自鳴得意。首先，他們相信，身為文盲乃是虔誠的最高形式，因此，他們甚至不能讀書識字。而當他們在教堂裡發出像驢一般的叫聲，重複地死記硬背自己並不理解的聖詩時，他們自以為天國的神明正在側耳傾聽，其樂無窮。他們當中很多人是靠卑鄙求乞過日子的，挨門逐戶吼叫討麵包吃，他們在每家旅店、每駕馬車或每艘船舶那邊糾纏，令人討厭，造成所有其他乞丐的巨大損失。這些「圓滑」的人就是這樣——他們骯髒無知、行為粗魯無恥，卻宣稱這是把使徒帶回到我們當中來！但最令人感到有趣的是，他們做每件事都遵循著一定的規則，彷彿是在進行數學計算，一有疏忽便構成罪過。他們規定出鞋帶打結的數目、一件衣服的顏色及其剪裁的方式、一條帶子的質料及其精細的寬度、一頂蒙頭斗篷的款式和大小、理髮的長度（用指頭量）、睡眠的時間。可是，把這樣一種千篇一律的平等應用到千差萬別的人和性格上去，只會造成不平等，這是人盡皆知的。即使如此，這些瑣碎的事情不但使他們感到高人一等，而且使他們互相蔑視。這些道貌岸然、按使徒慈善心行事的人卻會因為習俗上的差異，使用款式不同或顏色稍微深了一點的腰帶便當眾

119 四字母詞（Tetragrammaton），指希伯來人稱上帝、由四個輔音字母組成的詞，即 JHVH, JHWH, YHVH, YHWH。

大吵大鬧起來。你還會見到，有的人嚴格按規矩行事，穿的必須是奇里乞亞[120]產的山羊毛外套和一件貼身的米利都毛衣，而另一些人卻非上面穿亞麻衫，下面穿毛衣不可。還有的人一碰上錢就害怕，好像這是致命的毒藥似的，可碰上酒或女人就不那麼克制了。

總之，他們全都力求做到生活習慣與人不同。他們對做到與基督相似並不感興趣，但對做到與人有別卻興致勃勃。因此，他們巨大的幸福在於自己取了個什麼樣的名字。例如有的人喜歡自稱為「繩帶修士」[121]，這些人又再分為科萊特派、小僧侶派、最小兄弟會派和教宗詔書派。此外還有本篤派、貝爾納派、布里吉特派、奧古斯丁派、威廉派和雅各布斯派，似乎只稱為基督徒還不夠愜意。他們當中大部分人都十分信賴自己的儀式和微不足道、編造出來的聖傳，以致於認為上登天國也不足以報答他們如此巨大的功勞。他們從未想過將來基督會藐視這一切，並實施他自己的教規——博愛。有的修道士顯得大腹便便，肚子裡裝滿各種各樣的魚，另一些修道士則從肚子裡源源不斷地傾倒出上百斗的讚美詩，還有的修道士每天通常只吃一頓午餐，卻把無數次的禁食加在一起，以此說明為什麼每次都要把肚子吃得鼓脹，差點就要炸開。可是，有的修道士卻創造出大量的禮拜儀式，可能用七條船都載不動。有的自誇說六十年來他接觸到錢時都非戴上手套不可，以此保護其手指；而另一個修道士則披上蒙頭斗篷，上面厚厚一層汙垢，甚至連水手一看便退避開。接著，有的敘述五十多年來他如何過著海綿般的生活，始終呆在一個地方；另一些修道士則炫耀他們因不斷唱聖歌而變得嘶啞的嗓門，或則因獨居而引起的遲鈍懶散，或則舌頭因長期沉默不用而說起話來結結巴巴。但基督會打斷他們這種沒完沒了、自吹自擂的說法，提問道：「這批新的猶太人是從哪裡冒出來的？我只承認一條戒律是我所訂立的真正戒律，可是，這也是他們唯一沒有提及的一條。以前，我在大庭廣眾之下並未用寓言包裝自己的話語，我曾宣告以聖父的天國相許，為的不是披上蒙頭斗篷，或唱禱告詩，或禁食，而是為了履行信仰與愛的責任。我不承認那些對我的事跡過分聲張的人。那些想顯得比我更神聖的人可以離開，住到阿卡拉克薩斯的三百六十五重天上

120 奇里乞亞（Cilicia），小亞細亞東南部的古地名。

121 繩帶修士（Cordelier），指天主教方濟各會修士，因其腰束打結之繩索而得名。

去[122]，要是他們願意的話，也可以讓那些把愚蠢的教導置於我的律法之上的人去建立一個新的天國。」

當他們聽到這些話，並見到一般水手和馬車夫比自己更受歡迎時，你覺得他們相互間會交換什麼樣的神色呢？不過他們暫時還是以自己的期望為樂，此中不乏我的助力。儘管他們與平民生活相隔離，但沒有人敢輕視他們，尤其是對托鉢僧，因為他們從所謂的懺悔室裡獲悉每個人的祕密。他們知道，對外界公開這類祕密是被禁止的，除非他們恰好喝醉了酒，想談點有趣的故事來樂一樂，不過，這時也不會提起具體字的名人，因此所談的事是誰幹的，只好留給人們去猜測了。但是，誰要是去捅這個馬蜂窩，他們便會在對公眾布道時迅速進行報復，用含沙射影和拐彎抹角的方法指出敵人，手法高超，掩飾得天衣無縫，使得不與其事的人也知道他們所指何人。所以除非你給點甜頭封住他們的嘴巴，他們是不會停止吠叫的。難道會有一個喜劇演員或者沿街叫賣的小販，比修道士在布道時口若懸河的演講更能吸引你去觀看嗎？見到他們說話遵循著雄辯術的傳統規則時，便覺得這是多麼的荒謬絕倫，可又是極其有趣。天哪！他們多麼善於擺弄手勢，恰到好處地改變聲調，他們多麼善於用低沉單調的聲音說話，突然左右搖晃著身體，臉上迅速裝出各種不同的表情，並大聲喊叫，把一切搞亂！這就是說教傳道的格調，像是一種祕密儀式，在兄弟之間相傳。我不是此道的傳人，但我打算猜測那是怎麼樣的儀式。

他們從乞靈開始，這是從詩人那邊借用來的。接著，要是他們想宣講上帝之愛，他們的開場白談的總是尼羅河這條埃及的河流，要是他們想描述十字架的祕密，就會愉快地從柏爾[123]這位巴比倫龍神談起。如果主題是有關禁食，他們的話題便會從黃道十二宮開始，而如果他們想要說明有關信仰之事，便會開場搬出化圓為方這種做不到的事來討論。我自己曾經聽到過一個著名的愚人——真對不起，我指的是一位學者——他試圖向一大批集會的教徒揭示三位一體的玄義。為了顯示他的學識優異出眾，並使神學家有悅耳之感，他一開頭便求新取奇，從字母表、音節和句子入手，接下去談論名詞與動詞相一致，形容詞與名詞相一致。

122 阿卡拉克薩斯（Abraxas），古時巫者崇拜的以七個希臘字母「ΑΒΡΑΞΑΣ」代表數值「三六五」的神祕字樣。
123 柏爾（Bel），巴比倫神話中的天地之神。

這在他的聽眾當中普遍引起了一陣驚異，其中有些人互相低聲頌讀引自賀拉斯的詞句：「如此叫喊張揚，意欲何為？」最後，他得出了如下的結論：三位一體的信條已清楚地表現在語法的基本原理裡面，沒有一個數學家能把圖形勾畫得如此清晰。那個「偉大的神學家」辛苦工作，花了整整八個月的時間來推敲這份講道的稿件，所以今天他比鼴鼠還瞎，他的明察力毫無疑問全被用去加強自己機智的鋒芒。可是這個人對自己失去視力卻毫無遺憾之感，他甚至還這麼想：這是他得到榮譽要付出的一點小代價。

我還聽到過一個八十多歲的人，是個仍擔任現職的神學家，你若見到他，會以為他是司各脫本人再世。他試圖出來解釋耶穌這個名字的奧祕。他用妙不可言的方法證明，舉凡能被用來闡述其意義的一切，都隱含在該名字的字母之中。因為詞尾有三個不同格的變化這一事實，顯然象徵著「耶穌」這個神聖名字具有三重性。第一，「Jesus」一詞以「S」結尾，第二，「Jesum」以「M」結尾，第三，「Jesu」則以「U」結尾，所以這裡就包含著一種「難以言喻」的神祕：因為三個字母表明，他是始（Summum），是中間（Medium），是終（Ultimum）。這些字母還隱藏著更加深奧的祕密，這回是根據數學分析得出來的。他把耶穌（Jesus）一詞分為均等的兩半，讓「S」這個字母留在中間。接著他指出，「S」在希伯來語中的對應字母「ש」，讀音為「syn」。而他認為「syn」這個詞聽起來就像蘇格蘭人用來表示拉丁語「peccatum」的那個詞一樣——也即「罪」。這就清楚地證明，正好是耶穌使世界從諸罪中擺脫出來。這種嶄新的介紹使得聽眾為之張口結舌，欽佩不已，尤其是在場的那些神學家，他們幾乎像遭遇到和尼俄伯同樣的命運[124]。就我來說，我就像無花果木普里阿普斯，不幸親眼看到卡尼狄亞和沙加娜的夜間儀式[125]，幾乎笑得前仰後合，並且很有理由這樣：因為無論希臘的狄摩西尼也好，古羅馬的西塞羅也好，哪曾想出如此這般的「開場白」？這些雄辯家認為，舉凡與主題無關的導言都是蹩腳的——甚至一個除了向自然學習外，無師求教的養豬人也不會這個樣子開口說話。可是，這些學問高深的大師卻認為他們稱之為開場白的東西，如與主題的其他部分全無聯繫，便可顯示出格外高超的修辭優點，這一來聽眾就會感到

124 尼俄伯（Niobe），希臘神話中的底比斯王后，為自己被殺的子女們哭泣而化為一塊石頭。
125 典出賀拉斯的諷刺詩，當中寫身為無花果木的普里阿普斯看到兩個巫婆在月下收集屍骨和毒草。

驚異，並自言自語說：「他這是在幹什麼？」

接下來是講解經文。儘管這本來應該是主題，但他們卻是對福音書中某個章節匆匆忙忙地進行解釋，也可以說是一種旁白。再下去，話題一轉，他們又提出了某個「天不知地不曉」的神學問題，他們以為，這正是進一步顯示出自己的專長所在。這方面他們的確擺出一副研究神學的高傲樣子，搬出了一些令人目瞪口呆的頭銜，讓聽眾一聽有如雷聲灌耳：什麼知名博士、精深或最精深博士、天使博士、有翼天使博士、神聖博士和顛撲不破的博士等。接著，他們又向無知無識的民眾投擲出他們那些三段論法、大前提和小前提、結論、推論、假設以及經院式的雜七雜八的東西。接下來便是第五幕，一位演藝大師做出令人為之傾倒的高招，也就是販賣一些荒謬可笑的趣聞軼事，我想，有的出自《歷史寶鑑》或出自《羅馬人事蹟》[126]，只不過是進而用寓意、隱喻和神祕的方式進行解釋。他們就是用這樣的方法來編造出他們那奇美拉式的幻想，這個怪物甚至連賀拉斯寫：「加在人頭上」等等時，也沒有想到[127]。

但他們從別處聽到，一篇演講的開場白應該拘謹而且講得平心靜氣。這麼一來，他們開頭說話時總是調門放得很低，低到連自己都差點聽不見——彷彿這是在表示：說出一些無人聽得清的話，確實是在行善。他們還聽說時不時使用感嘆詞就能激起感情，所以他們總是講了一陣子低沉單調的話之後，便突然提高嗓門，發出驚呼狂叫聲，儘管實際上並無此需要。你會斷言這個人需要服用一劑治瘋草，因為他彷彿隨便什麼時候對你提高嗓門發出驚叫聲都覺得無所謂。再者，他們還聽說，進行一次布道說教時，應該越講越來勁、越升溫，所以他們對開頭各個章節部分講得稀鬆潦草，接下去總是突然放聲大喊，儘管所談之處並不重要，收尾則時是突然間出人意料地把話語急停下來，你會以為他這是斷氣了。

最後，他們知道，修辭學家們常提及一些引人發笑的事，所以他們也就煞費苦心向周圍聽眾傾倒出一些笑話。「噢，親愛的阿芙蘿黛蒂！」多麼優美而又貼

126 《歷史寶鑑》（*Speculum Historiale*），道明會會士博韋的樊尚（Vincent of Beauvais）所著百科全書《大寶鑑》（*Speculum Maius*）的第三部，是一二四四年以前的世界史綱要。《羅馬人事蹟》（*Gesta Romanorum*），寫成於十三世紀末或十四世紀初的英國，一四七二年出版，是羅馬時代風俗的見聞錄。

127 奇美拉（Chimera），希臘神話中獅頭、羊身、蛇尾的吐火母獸。「加在人頭上」出自賀拉斯的《詩藝》（*Ars Poetica*）開篇。

切！他們正好是「對著豎琴的驢子」的一個實例！他們有時也會對人說些諷刺話，不過這些話聽上去輕輕鬆鬆，只會令人發笑，而且當他們想要給人一種坦率陳言的印象時，反而比任何時候更奴性十足。實際上，他們的整套表演都可以從市場上那些叫賣的流動小販身上學到，而這些販子還比他們高明。儘管這兩類人非常相似，但他們一定能互相從對方處學習到雄辯之才。即使如此，由於我的幫助，他們才找到一些願意聽信他們的人，這些人相信他們是在聆聽一位名不虛傳的狄摩西尼或者西塞羅再世的教誨，這種情況在商人和婦女當中尤其常見。這些神學家們也熱切地希望能讓商人和婦女聽起來悅耳，因為商人有個習慣——要是他們被奉承得舒舒服服，便會拿一點兒不義之財出來發放。至於那些男修士受到婦女青睞的原因可就多了，其中主要的一條是：神父能提供一塊供婦女推心置腹交談的處所，讓她們和丈夫吵架時有地方傾倒苦水。

現在，我想你們一定明白，這部分人受我的恩惠是何等之深——他們用自己在這個世界上創造出來的微不足道的禮儀、荒唐的行為以及喧鬧聲來對自己的夥伴施暴，可自己還以保羅或安東尼自居。

基督徒應能顯示出自己是有見識的人，
他們不應該去派遣那些屢戰無功的愚蠢軍隊，
而是派出這些雄辯的司各脫派、固執的奧坎派，
以及不知戰敗為何物的艾爾伯圖斯派，
連同詭辯團去與土耳其人和撒拉森人作戰。
我想，這麼一來他們一定會親眼看到一場真正激烈的戰鬥，
以及前所未有的勝利。

55

就我而論，我求之不得的是擺脫這些偽君子，他們忘恩負義，力圖把那些應歸功於我的事隱藏起來，這情況正如他們裝模作樣，假裝虔誠一樣寡廉乏恥。長時間以來，我一直期望談點有關君王及其朝臣的事，他們相當公開地用一種只有出身高貴者才有的坦率正直來奉承我。的確，他們若是稍微有點機智，就覺得自己的生活過得格外窩囊無趣，應予擺脫。一個人如果認真地考慮到他必須肩負重任，行使真正的君權，他還會以作假誓和弒父為代價來取得權力嗎？一旦他掌握政權，就必須獻身於公共事務而不是私事，同時要考慮的也只有人民的福利。他不能些許偏離自己所頒布、樹立的各種法規，並必須親自保證每個官員和行政人員正直廉潔，所有的眼睛都盯在他一個人身上。只要他的人格完美無瑕，他便能成為人們據以辨向航行的星座，成為人類的救星；但他也可能成為致命的彗星，後面拖著一條長長的災難尾巴。他人的邪念惡習既不會如此臭名昭著，也不會產生廣泛的影響，可是一個位居君王的人如稍乏真誠，道德敗壞的事便會像瘟疫一樣在人民中間傳播開來。還有，君王的地位注定要引來許多誘惑，使他偏離正道，例如取樂、放縱、諂媚和奢侈，因此，君王必須更加律己以嚴、更加慎思謹行，以免有損自己的天職。最後，須知君王上方還有個上帝在俯瞰著他，不久之後這位上帝便會對每個人，哪怕是微不足道的罪過，來一次清算，其嚴格程度與君王所擁有的權力大小適成比例，別說搞陰謀、懷敵意以及其他各種危險，或困擾著他的種種恐懼。我說，上述這些，還有類似的許多事，都會讓一個君王無法安然入睡或就餐，只要他是個有見識的人，就不能不對此類事細加思考。

但事實上，君王們在我的幫助下，置此類宜多加關切的事於不顧，順其自然。他們關注的是過舒適的生活，因此，為了保持心情愉快，不受干擾，他們只讓那些說悅耳之言的人發表意見。他們相信，要是他們致力於狩獵，廄中有良馬，要是他們買官鬻爵，從中獲利，要是他們每天有新招，能把臣民的財富吸出來，掃進自己的口袋，那就算完滿地完成了一個君王的任務——不過所有這些都要做到看上去堂堂正正，編造出來的藉口也要恰到好處，這麼一來，他們的行徑無論其邪惡達到何等程度，都能保全著一副正義的面孔。他們還留意添上一、兩句討好的話，目的是讓民眾產生一種對他們感恩戴德之情。讓我們來把今天仍可以在某些人身上見到的君王形象做一番勾畫：一個置法律於不顧的人，全心全意搞私利，幾乎達到敵視人民利益的程度，一個一頭鑽進驕奢淫逸中去的人，憎恨學問、自由和真理。腦子裡根本就沒有國家的利益，衡量一切都以他自己的利益和欲望為依據。接著，你可以給他一條象徵各種美德渾然一體的金鍊，一頂鑲滿寶石的王冠，讓他覺得自己在英雄氣質上比別人高出一等。你還可以增添上一根節杖，象徵著正義與完全不受腐敗侵蝕的一顆心，最後，是一件象徵著全副身心奉獻給人民的紫袍。如果君王把這些標誌和他的生活方式做一比較，我相信，他一定會為他身上佩帶著這麼些裝飾品而感到羞愧臉紅，害怕什麼時候會冒出個惡毒的諷刺作家把所有這類服飾當成笑柄來挖苦。

56

現在，我對那些朝臣該說些什麼呢？他們多半是些最會諂媚、奴性十足、愚昧無知、絕無可取之輩，可他們還是下定決心凡事都想占居首位。只有一件事他們不去自誇自詡——他們只要身上穿著紫袍，戴著金飾、寶石，還有其他各種表示美德與智慧的徽章，到處走走就心滿意足了，而這些東西實際的象徵意義讓別人去關心就好。他們認為幸運高懸之處，是稱君王為「陛下」，並懂得如何用三個詞來稱呼他，把表示敬禮的頭銜，例如「尊貴的殿下」、「老爺」、「陛下」都掛上去，不知羞恥為何物，從而使自己化入諂媚奉承之中，因為這些都與貴族和廷臣的伎倆相宜。但是，如果你更靠近一點觀察他們的整個生活方式，你就會發現，他們幾乎與菲亞西亞人或潘妮洛碧的求婚者過著毫無二致的生活——你們都知道那首詩的其餘部分，寧芙仙女厄科比我更能好好引用詩句給你聽[128]。朝臣們睡到正午，這時，一個被雇來的可憐小教士等候在他們床旁，見到他們剛一起

128 菲亞西亞人（Phaeacians），荷馬史詩《奧德賽》中斯刻里亞島上的一個民族，居住於烏托邦社會中，以航海為生。厄科（Echo），希臘神話中居於山林水澤的仙女，因愛上納西瑟斯遭到拒絕，憔悴消損，最後只留下了回聲。

床，便匆匆誦唱起彌撒。接著，他們前去用早餐，早餐剛吃完，立刻又要吃午飯了。接下去是擲骰子、下跳棋、算命、玩小丑、耍弄臣、嫖妓女、無聊的玩耍和不堪入耳的玩笑，中間還插進一、二次小吃。接著是吃正餐，連下去斟一巡酒，但你可以相信絕對不只一巡。就這樣，小時、日、月、年、世紀接連消耗掉，毫無厭煩之感。就我而論，我每一見到他們「擺出那副架子」，總是覺得受夠了他們那一套，只好趕快離開。與此同時，每個貴婦人都因為自己背後拖著一條長長的裙子，就確信自己是女神，而那些貴族身分的人則你推我擠，像是想讓人見到他們就站在主神的身邊。他們那副自鳴得意的神情來自那條必須由脖子來撐持重量的金鍊，似乎他們非得用這個方法來炫耀自己的體力和財富不可。

57

君王此類行徑早已由至高教宗、樞機主教和主教熱情地予以採用了，而且幾乎是有過之無不及。可是，如果他們當中任何人思考一下他那件亞麻法衣，其白如雪，象徵著純潔無瑕的生活；思考一下他那頂雙角形的主教冠，兩邊的頂端各打個結，以示對新舊約有完整的知識；思考一下他那雙戴上手套的手，象徵著純潔，讓他行聖禮時免受世事接觸玷汙；思考一下他那根主教的牧杖，提示他留神關注委託給他照料的羊群；思考一下立在他前面的十字架，象徵著他戰勝了人世情欲——我說，如果他們中任何人思考一下這類事和其他許許多多與此相似的事，那他的生活豈不是到處都充滿憂慮與煩惱嗎？可是，目前情況是，他們覺得就照顧自己而論，一切情況甚佳，至於照顧羊群的責任，他們則委託給耶穌本人，或委託給代理人以及他們稱之為「教友」的人。他們甚至忘記「主教」的意思是「掌管人」，表示要付出辛勞、留神和關注。可是，一旦事關賺錢收益，他們便十分稱職地擔任起掌管人——再也見不到「粗心大意的觀察員」了。

58

同樣的，樞機主教認為他們是使徒的繼承人，責無旁貸，應學習前輩的榜樣，所以他們自己不是靈財的主人，而是靈財的管家，要把帳單中每分開支算得清清楚楚。他們還會在片刻間對自己的衣著有所思考，提出這麼一些問題：這件寬大的白色法衣對他們來說除了意味著生活中盡善盡美的純潔外，還能意味著什麼呢？而下面的紫袍除了表示對上帝的熱愛外，還能意味著什麼呢？還有，披在上面的這件斗篷特別寬闊，足以容下大主教的整頭驢子（真是大到可以把一頭駱駝裝進去）——難道這不意味著以無限仁愛為懷，要為一切人效勞之情？要用教導、激勵、安慰、懲罰或告誡，解決戰爭，反對邪惡的君主？為了基督徒不但不惜財富而且不惜自己血肉之軀？如果他們代表的是那些清貧的使徒，他們還需要財富做什麼？我認為，他們要是能夠反躬自問這些問題，一定會摒棄現在身居的高位，並毫無遺憾地辭去這個職務，或則過著像最早期使徒們所過的那種艱苦憂慮的生活。

59

再說做為基督代理人的那些最高教宗：如果他們想仿效基督過著貧窮辛勞的生活，遵循他的教導、教義和他在十字架上獻身的精神，蔑視世俗，並想到「教宗」的意思是「聖父」，或者想到他們的頭銜為「最高聖座」，那麼，世上哪裡還會有如此垂頭喪氣的人呢？還有誰願意把自己的才智和資源花在獲得他們的地位上呢？且一旦地位到手，還要使用刀劍、毒藥和各種各樣的暴力來維護它？試想想看，只要他們有丁點兒智慧，就會對所有這些利益漠然置之。哈！我剛剛是說智慧嗎？還是基督說得好：一粒鹽就足以使他們擺脫掉一切財富與榮譽，他們的統治權和勝利，他們的許多官職、特許、稅款和嗜好，所有他們的馬匹和驢子，他們的隨員和無數的娛樂。（你會注意到，我只須用寥寥數語，便可把無數做買賣、從事收穫的活動以及種種牟取暴利、浩如煙海的行為概括無遺。）代替所有這些接踵而來的將是守夜、齋戒、流淚、祈禱、布道、沉思、嘆息，還有千百件此類令人興味索然的艱難困苦之事。我們也不應小看這種事將導致什麼結果。無數的文書、抄寫員、職員、律師、辯護人、祕書、趕驢人、馬夫、銀行家和拉皮條的人（我差一點要把更含猥褻意味的東西添進去，不過，我不願弄髒你的耳朵）——總之，一大批現在成為羅馬教廷累贅的人（對不起，我意思是說，「現在替教廷增光的人」）將會處於挨餓的境況之中。真是糟糕透的滔天罪行！更加糟糕的是，至高樞機主教，世界真正的靈光，又要回到拿起拐杖、背起背包的日子了。

可是，在目前的情況下，舉凡非做不可的事，他們都會讓擁有大量空閒時間的彼得和保羅去做，而把一切盛大的典禮與娛樂留給自己。這一來，還是由於我的緣故，實在沒有其他哪類人能過著這樣舒舒服服、無憂無慮的生活——這些神職人員相信，只要他們扮演著教會濟貧人員的角色，借助著各種儀式，類似演戲時的誇張做作、祝福、詛咒，加上「至福」、「尊敬的閣下」、「聖座」等銜頭，這樣就算是為基督做了許多工作。對他們來說，表演奇跡劇既過時又不時尚；教育民眾像在幹活，解釋聖經是學校的事，而祈禱則是浪費時間；流淚是弱者和女人的事，身居貧困顯得卑微低劣；遭受失敗是一種恥辱，也與一個難得允許偉大君王吻他那神聖的腳趾頭的人不相配稱；最後，死亡是一種毫無吸引力的期待，而死在十字架上則更是一種屈辱的下場。

他們留下來的唯一武器是保羅提到的、聽上去很悅耳的祝福（他們當然也會大手大腳把這些東西撒向四周），還有停聖事、暫停聖職、反覆採用的絕罰和革出教門、破門畫像，以及稍一點頭示意便可把世人的靈魂打入地獄最深處的雷電。這些基督中的聖父，也就是教宗，對那些鬼迷心竅，想把彼得的財產蠶食掉的人懲罰得格外嚴厲。而土地、城市、稅款、關稅和主權全都算作彼得的財產，儘管聖經裡面有言在先說：「我們已經撇下所有的跟從你。」[129]他們由於對基督的狂熱，所以用火與劍來維護所有那些東西，基督教徒的血大量地流著，而他們相信自己是以使徒的身分，出而捍衛教會這個基督的新娘。用的辦法就是勇敢地把他們稱之為「教會的敵人」的那伙人徹底打垮——好像教會的死敵並不是這些保持沉默，讓人把基督忘記掉的不虔誠教宗。他們用一些唯利是圖的法規來束縛

129 〈馬太福音〉19:27。

基督，用牽強附會的解釋來歪曲基督的教義，用他們道德敗壞的生活方式來扼殺基督。

再者，由於基督教會是在血上建立起來，用血來鞏固，在血中加強，所以他們繼續靠刀劍來處理教會的事務，好像基督已告死亡，再也無法用自己的方法保護自己的人民。戰爭是一種窮凶惡極的事，只適合於野獸而不適合於人，它格外瘋狂，因此，在詩人的想象中，戰爭是復仇女神放出來的——格外致命，像瘟疫一樣橫掃世界；格外不義，通常總是由最惡毒的強盜來進行；格外邪惡，與基督完全格格不入。可是，他們卻把一切事物全獻給戰爭。甚至還可以見到一些老態龍鍾的老人，顯現出青春活力澎湃，不怕付出代價，不知困難為何物，無所畏懼，儘管他們所作所為是把法律、宗教、和平以及一切人性全搞得是非顛倒，黑白混淆。這裡還不乏博學多識的奉承之輩，他們把熱情、虔誠和英勇等美名加到這種明顯不過的瘋狂行為上去，從而設計出這麼一種手段，使一個人可以拔刀殺人，把利劍刺進他兄弟的要害，而仍無損於基督教導所有基督教徒的「對其鄰人懷有無限慈愛之忱」。

60

至今我還拿不準，到底是某些德國主教樹立起來的榜樣，還是就近學習來的，使得某些主教拋棄各種盛大典禮和祝福儀式，以及諸如此類的其他禮儀，而按世俗君王的所作所為行事，甚至到了這樣的程度：認為除了在戰場上捐軀外，以其他方式把自己英勇的靈魂交給上帝的人都形同懦夫，也與主教的職位不相配稱。於是一般教士便認為要是達不到他們主教所規定的虔誠程度就是錯誤的。他們為了實現徵收什一奉獻的權利，會以戰士的本色動起武來，使用刀劍、長矛、石頭和各種武器，而他們當中一些目光敏銳的人則力圖從古人的著作中找出些詞句，用以恐嚇那些可憐的民眾，使之同意繳納比什一奉獻更多的款項。可是他們從未想到，這些著作中還有許多地方記載著他們做為回報，應對民眾負的責任。他們削髮出家一事，也沒有讓他們想起，做為一個教士應超然於人世間的七情六欲之外，專心致志於天國之事。剛好相反，這些看上去挺像樣的人卻認為，他們只要馬馬虎虎、滔滔不絕地哼讀禱文，就算完滿地完成了自己的任務。要是有哪個神能聽得見或聽得懂，那才真的算怪事一大件呢，因為即使他們放聲大念，連自己也無法聽得到、聽得懂。不過教士們有件事卻與俗人有異曲同工之處——一旦事關受益發財，他們全都十分機靈警惕，個個是法律專家。可是如果出現有什麼重荷需要擔負，他們便蓄意把重擔捨到別人的肩上，就像傳球一樣，這邊傳過來，那邊傳過去。也像那些世俗君王一樣，把他們的某些行政職務委託給代理人，代理人接過來又傳過去，落在別人肩上，他們看上去真夠謙虛，把關心虔誠信仰的事全留給平民百姓去做。百姓則又把有關虔誠信仰的事推到他們稱之為「教士」的人身上，好像自己和教會毫無關聯，洗禮上所作的誓言也無關緊要。接著，那些自稱為「教區神父」的教士（彷彿他們是奉獻給世俗而不是基督）把重荷推給「修士」，修士又推給修道士；不那麼誠篤的修道士又推給更誠篤的品級，這些人又推給托鉢修道士，然後便從這裡傳到加爾都西會[130]的隱修修士那邊，那些修士內心的虔誠既深藏又隱蔽，弄得你真的無法一瞥蹤影。同樣的，整天忙於斂財的教宗把一切更具使徒傳統的工作推給主教，主教則推給教會的神父，神父推給司牧，司牧又推給托鉢修士，修士則交給那些剪羊毛的人。但我的目的不在於詳細描繪教宗或教士的生活細節。當我發表一篇頌詞時，我不願別人誤以為我是在寫諷刺文章，我也不願任何人以為我讚揚邪惡的君王、指責善良的君王。我簡略地論述這些問題，目的只在於讓人懂得，除非世人對我各種禮儀的基本含義有所了解，並對我的樂善好施深信不疑，否則便無法愉快地生活。

61

怎麼可能不是這樣呢？就連掌握人類命運的拉姆努斯報應女神[131]，她的榮光都和我格外意氣相投，與賢人總成死敵，而把一切利益贈給愚人，甚至在他們睡眠時也這樣做。你一定知道提摩太其人，知道他名字的意義，並知道「魚簍在主人睡覺時抓到了魚」這句格言，還有「貓頭鷹正在飛翔」。而人們又說：「生

130 加爾都西隱修會（Ordo Cartusiensis），聖布魯諾於十一世紀在法國建立的天主教教派。

131 拉姆努斯（Rhamnus），雅典北面一地區，傳說中報應女神涅墨西斯（Nemesis）的雕像所在地。

於月齡第四天」，和「弄到一匹塞揚努斯的駕馬」，或「得到圖盧茲丟失的黃金」，所有這些都是針對賢人的[132]。不過「引用格言」已夠多了，至此為止吧，我不希望讓你誤以為我是在瓢竊我的朋友伊拉斯姆斯筆記中的東西。

還是讓我們言歸正題。命運女神喜歡的是那些魯莽和敢橫衝直闖的人，也就是那些喜歡說「命運之骰已擲出去」的人。而智慧卻使人軟弱無力、憂心忡忡，所以你往往發現貧窮、飢餓和煙臭總是和賢人同在，他們生活在被人忽視、默默無聞和不受喜愛的環境中。與此相反，愚人財源滾滾，並掌管國事；總之，他們各方面都顯得欣欣向榮。因為如果一個人發現，要得到幸福就得取悅君王，把時間花在跟那些滿身金銀珠寶、像神一樣的人周旋，這麼一來，他會覺得智慧對他一無所用，而且的確被這類人貶低得毫無價值。如果他想致富，靠智慧指引能讓他賺多少錢呢？因為他不敢作偽證，一說謊就臉紅，對那讓賢人感到煩惱的盜竊與高利貸等欺詐行為不屑一顧。任何人要是希望得到教會的錢財和肥缺，那麼一頭驢或一頭水牛會比一個賢人更快抵達目的地。如果你追求的是快樂，那麼，女人（她們在「生命」這齣喜劇中扮演著主角）對愚人一見傾心，可是碰上賢人卻拔腿而逃，驚慌失色，像是碰上蠍子一樣。

最後，所有那些尋求點人生樂趣和興味的人，應堅決讓賢人吃上閉門羹，然後敞開大門，先把其他亂七八糟的傢伙接進來。總之，不管你到哪裡，無論是教宗還是君王，法官還是行政人員，朋友還是敵人，職位高還是低，你會發現不花錢什麼事也辦不成；賢人既然鄙視錢財，你就得格外留意，離他遠些。另一方面，要讚揚我本人，可說的事是無窮無盡的。即使如此，說話有時仍須適可而止，所以我也必須停下來，不過我必須簡單明瞭地讓你知道，有許多大作家用他們的作品和行動來證明我應受表揚。我不願讓人家誤以為我愚蠢到只會孤芳自賞，也不願讓精通律法的人誤責我提不出證據。所以我仿效他們進行引證——雖然此類東西可能「無一中肯」。

132　提摩太（Timotheus, ?–354 BCE），古希臘政治家和將軍，擊敗斯巴達及波斯軍隊。他的名字意為「為神所愛」。「魚籠在主人睡覺時抓到了魚」以及「貓頭鷹正在飛翔」二格言含意皆為世人無力自助，必須依靠命運女神。「生於月齡第四天」預兆著勞累度日。「弄到一匹塞揚努斯的駕馬」，意為把災禍不幸帶給主人——羅馬帝國時期，執政官塞揚努斯（Sejanus, c. 20 BCE–31 CE）得到阿爾戈斯的一匹駿馬，卻因此導致被處死。「得到圖盧茲丟失的黃金」，意為死於苦難之中，按羅馬的卡埃比奧進攻圖盧茲域，獲得其全部黃金，但擁有此黃金者皆死於極端苦楚之中。

62

首先，大家都接受「實去虛來」這句著名格言所表達的真理，所以教導孩子總是從「大智若愚」這樣的詞句著手。現在你自己也該清楚：愚神有多好的運氣，就連我的假相和外貌也博得學者的高度讚美歌頌。伊壁鳩魯牧人所飼養的那頭豐滿壯健的肥豬更加坦率地告訴我們「宜在思考中攙雜點愚蠢的東西」，不過他接著又加上一句：「這只應是一晃就過去的事」——這麼說就不夠聰明了。他還說：「及時而蠢，其樂融融」，不管在什麼地方，他「寧願看上去笨拙愚蠢，而不願成為一個脾氣暴躁的賢人」。在荷馬的作品裡，鐵拉馬庫斯到處受到詩人的讚揚，卻不時被稱為「傻瓜」，而劇作家們也隨意把這個稱號當成是個吉兆，送給青少年。神聖的史詩《伊里亞德》的主題除了愚蠢的帝王和人民的憤怒之外，還能是別的什麼呢？再者，「世界到處是愚人」這句西塞羅著名的讚美之詞人盡皆知，十分完滿。幸運之事流傳越廣，效力也越大。

63

然而，這類權威性的引文對基督徒來說並不重要，所以，如果你同意的話，讓我們從《聖經》裡面找出證據來支持我的讚詞，並像學者所做那樣，給這些讚詞奠下個適當的基礎。讓我先請求神學家們寬厚為懷，惠予同意。我們對付的是個難題，但指望繆斯眾女神再度從赫利孔山上下來，走的是迢迢的途程，為的是不關己的事，似乎也有些過分。因此，當我扮演神學家的角色、踏著荊棘叢生的小道前進時，或許應該祈求司各脫的神靈（他要比任何豪豬或刺蝟更加多刺）離開他心愛的索邦神學院[133]，進入我的內心，不過只需短暫的時間——隨後他喜歡到哪裡就到哪裡，「見鬼去」也與我無關。我只希望能變換一下自己的容貌，披上一件神學家的外衣！不過，要是我穿上太多的神學服飾，人家恐怕會把我當成小偷，指責我偷偷摸摸地把「我們老師」桌子裡的東西掠走。但這也不宜大驚小

133　索邦神學院，巴黎神學院的所在地。

怪，須知這些東西是我靠長時間和神學家們交往，親密無間而取得的。那位無花果神普里阿普斯也是，因為聽見老師朗誦而記住了一些希臘詞。琉善作品裡那頭公雞，不也是因為長期和人們生活在一起而毫無困難地聽懂人話？

現在，要是預兆不錯，還是讓我們回到本題上去。〈傳道書〉第一章上寫道：「愚者之數無限。」而在宣稱這個數目是無限時，除了少數誰也沒有碰見過的人物之外，該書所說的不是包括所有的人嗎？耶利米[134]在他那部書第十章中說得更清楚：「所有的人因自己的智慧而成患者。」他認為智慧只屬上帝，愚蠢則歸全體世人所有。更早一點他說：「智慧人不要因他的智慧誇口。」我親愛的耶利米！為什麼你不願人們因其智慧而自鳴得意呢？答案非常簡單：因為人沒有智慧。還是讓我們回過頭來看看〈傳道書〉。書中大聲疾呼：「虛空的虛空，凡事都是虛空。」[135]你以為這句話還會有別的意思嗎？難道不是我說過的：人生無非就是一場愚人的遊戲？這樣看來，他是贊成西塞羅頌詞中所說的話了，即我上面引用過的、受到讚揚當之無愧的詞句：「世界到處是愚人。」偉大聖典《便西拉智訓》[136]說：「愚人像月亮般變換，賢人則像太陽那樣固定不動」，書中所啓示的無疑是：人類全都是愚蠢的，智慧這個稱號只適用於上帝。月亮意為人性，太陽意味著一切的光源，也即上帝。對此，基督本人也在福音中給予肯定，指出除了上帝之外，誰也不能被稱為善良。這麼一來，鑑於斯多葛派學者說的：誰要是善者，同時也就是賢者；而任何非賢者的人便是愚者，所以必須得出的結論是：所有的人都是愚人。再者，所羅門[137]在〈箴言〉第十五章中說：「無知的人以愚妄為樂」，這顯然是認為人生如無愚蠢，便乏歡樂。經文中還有句相類似的話：「多有智慧，就多有愁煩；加增智識的，就加增憂傷。」[138]那位著名的傳教士的確在第七章裡面公開表達出同樣的想法：「智慧人的心在遭喪之家；愚昧人的心在快樂之家。」所以他認為，足智多才而不同時認識我，那仍然是欠完善的。如

134 耶利米（Jeremiah），《聖經》中人物，公元前七和六世紀時希伯來先知。

135 〈傳道書〉1:2。

136 《便西拉智訓》（*Ecclesiasticus*），是智慧文學中的傑作，流行於公元前三世紀至公元三世紀猶太人希臘化時期。此書提出生活準則、道德準則以及規誡，分偽善、慷慨、孝順等題目。

137 所羅門（Solomon），活動時期公元前十世紀中葉，以色列國王，以智慧和賢明著稱，據說他寫過一千多首詩歌，其中主要是《聖經》中所收〈雅歌〉。

138 〈傳道書〉1:18。

果你對我信不過，那就聽聽他本人在第一章裡所說的話：「我又專心察明智慧、狂妄和愚昧。」請你注意，他在〈傳道書〉上寫這句話時，是最後才提及「愚昧」的，用意在於稱讚——須知按照教會所遵循的規矩，地位最高的人最後就座，至少這方面與福音書的教義相一致。的確，《便西拉智訓》一書不論其作者是誰，在第四十四章裡面清楚地指出：「愚昧比智慧更佳。」不過我暫時不打算引用裡面的詞句，得先請你們透過恰當地回答來幫助我，像柏拉圖對話錄中，那些與蘇格拉底進行辯論的人所做的那樣「發揮論點」。

下面兩種東西，哪種更需要隱藏起來？是那些珍貴有價值的物品，還是那些一般而又便宜的東西呢？難道你對此無話可說？即便你裝聾作啞，這裡還是有句希臘格言來代你作答——「水壺就放在門口」。萬一有誰不把這當一回事，那就讓我告訴你，說出這句格言的是被我們的老師們奉為神明的亞里斯多德。難道你們當中會有人愚蠢到把黃金和珠寶放在路上？你們肯定不會這樣做。你們將其藏在屋內最隱祕的地方，有些人則更進一步，將其暗藏在鎖得牢牢的箱子裡，放在最不起眼的角落中。只有廢物才丟在街上。這麼看來，舉凡珍貴的東西都隱藏起來，沒有價值的東西就讓它公諸於世。那麼，明顯不過的是，《便西拉智訓》中未被隱藏起來的智慧，豈不是比不上書中吩咐要隱藏起來的愚昧嗎？你聽一聽書中的原話就會明白：「隱其愚者勝於隱其智者。」試想想看，聖經認為誠實為愚人所有，可是賢人卻自以為無人可比得上他。這也就是我對〈傳道書〉第十章中下面詞句所作的解釋：「行路的愚人因為自己愚蠢，便認為所有的人都是愚人。」像這樣認為一切人全都與你平等，而在一個醉心於自我擴張的世界裡，把你的長處拿來與人共享，諸位難道不認為此乃是一種格外誠實的表現？因此，偉大的所羅門王不以被稱做愚人為恥，他在第三十章中寫道：「我是眾人中最愚蠢的。」異邦人的教師保羅在致哥林多人的書信中也樂意接受愚人這個稱呼。「我說起話來像愚人，」他說：「我更是。」[139]意思似乎是說，在愚蠢上落於別人之後是一種恥辱。

可是，就在這時，我聽見一些希臘學究的喊叫聲，他們下定決心要大幹一番

139 〈哥林多後書〉11。

窩裡翻的事，或者更確切點說，下定決心發現當今許多神學家的錯誤，辦法是用他們自己寫的註解本作煙幕。我的朋友伊拉斯姆斯在這群人中，就算不是實際的領袖，也一定位居第二，所以我不時提起他的名字，以表敬意。學究們大聲喊叫著說：你能指望從愚神那邊引證出什麼來嗎？真是愚蠢之至！使徒的含意，和你所想像的大相徑庭。他這些話的意思不是說他比別的人更加愚蠢，當他說：「他們都是基督的僕人，我也是」，彷彿把自己擺到與別人同等的地位，並引為自豪，接下去他又添上一句，糾正自己上面的說法：「我更是。」保羅知道，他畢生為福音服務，和其他使徒比較起來不但毫不遜色，而且在很大程度上超過了他們。他希望這件事有說服力，別人聽上去不會有驕傲自大、盛氣凌人之感，所以他以愚蠢為藉口先發制人，以免遭到反對。他寫道：「我說起話來像愚人」，因為愚人擁有說實話而不得罪人的特權。

可是，我還是把保羅寫這句話時心中所想的事，留給學究們去辯論。就我而論，我要遵循的是那些個頭大、肥胖、愚蠢而大家卻對其評價很高的神學家。我敢對主神發誓，大多數學者寧願與這些肯定是錯誤的神學家在一起，而不願和你

所有那些尋求點人生樂趣和興味的人，
應堅決讓賢人吃上閉門羹，
然後敞開大門，
先把其他亂七八糟的傢伙接進來。

們那些精通三種語言的專家共同持有正確的見解。這些人全都認為，你們那些希臘學究無非就是一群學舌的鸚哥。特別是因為有個知名的神學家（也許他自己認為是知名吧？）已經用一種高超的方式研究神學，對這句話進行了闡釋。不過這位神學家的名字我有意祕而不宣，以免我們這群學舌的鸚哥立刻抓住時機，引用希臘那句嘲笑的話語：「驢子面對著豎琴」。他開宗明義地說：「我說起話來像愚人」，就這樣，他開始了新的一頁，這只有借助於辯證法的全部力量才有可能，他於是寫出嶄新的章節，作出如下的解釋（我將原原本本地引用他的論點，他的原話及其要旨）：「我說起話來像愚人，也就是說，如果我把自己列入假的使徒之中，在你看來是愚蠢的，那麼，我把自己置諸他們之上就更加愚蠢了。」然而，過了不久之後，這位神學家顯得心不在焉，突然話鋒一轉，作出了完全不同的解釋。

64

但是，我不明白自己為什麼要為一個例子自尋煩惱，須知，就像鞣皮工匠對待一張獸皮那樣，神學家有權任意拉扯天國——也即聖經。要是你相信那位「精通五種語言的大師」傑羅姆，那麼，根據聖保羅所說，聖經存在著自相矛盾的地方，這些詞語在原來上下文裡面讀起來並不感到有什麼矛盾。保羅有一次偶然在雅典見到刻在祭壇上的碑文，於是他把碑文的意義變為讚揚基督信仰的論點。他把所有可能有損於他的理由的詞語一概省去，只採用最後兩個詞「IGNOTO DEO」，意為「致未知的神」。他甚至在這裡也作了一些更動，因為完整的碑文是這樣的：「致亞洲、歐洲和非洲諸神，致異邦未知諸神」。[140]我相信，保羅的所作所為正好為今天那些「神學之子」創先例，他們便是從不同的上下文裡面挑選出四五個詞，必要時甚至歪曲它們的意義，使之適合自己的目的。這些詞儘

140 原文為「DIIS ASIAE, EUROPAE, ET AFRICAE, DIIS IGNOTIS, ET PEREGRINIS」。

管前後脈絡不連貫，甚至實際上互相牴觸、矛盾，他們也置之不顧。他們做出這種事時無憂無慮，不知羞恥為何物，使得神學家時常成為法律專家羨慕的對象。

他們還有什麼做不出來呢？那個偉大人物（我差點漏嘴說出他的名字，好在那句希臘格言讓我話到嘴邊停下來）從〈路加福音〉的詞語裡摘取出一個意義，它與基督精神吻合得有如水與火的相容程度。因為當最危險的時刻逼近，忠僕們便會聚集在主人四周，傾全力「跟主人並肩作戰」，基督想要消除掉門徒們心中對這種防禦方式的信賴，因此他問，當初他們在毫無準備的情況下被派出去，既未穿上雙鞋子以免受到荊棘和碎石的傷害，也未帶上個錢囊以免挨飢受餓，那時可曾覺得缺少什麼。當他們回答什麼也不缺時，基督便繼續說下去：「但如今有錢囊的可以帶著，有口袋的也可以帶著，沒有刀的要賣衣服買刀。」[141]基督的整個教導在於熏陶溫和、忍耐與輕視人生，這個章節的意義對所有的人來說應該是清楚的。基督要他的使者們進一步解除一切，不但丟掉鞋子和錢囊，而且脫掉衣服，赤身裸體、無牽無掛去宣講福音。他們除了帶一把劍之外，什麼也不帶——這把劍不是用於強盜和殺人犯的，而是一把精神之劍，用來刺入內心最深處，一劍砍斷各種情欲，心中留下來的只有虔誠，別無他物。

現在，請看看我們這位知名的神學家是怎樣來曲解這一點的。他將那把劍解釋為是用來進行防禦以免遭受迫害，而那個口袋則可充分供應口糧，這一來好像基督完全改變了自己的信仰，反而覺得他的使者們動身時，穿著不夠氣派，不那麼「堂而皇之」。或者他似乎忘記自己曾說過，當他們受到侮辱、謾罵和迫害時便能得到祝福，他還不准他們反抗邪惡，因為只有溫順的人才能受到祝福，好鬥者無此福分。他似乎忘記自己曾號召他們要以麻雀和百合花為榜樣，所以現在才如此不願見到他們不帶劍便出去，甚至還吩咐他們賣掉衣服去買把劍，寧願見其赤身裸體而不願見其手無寸鐵。再者，正如任何可用以抗擊暴力的東西都可冠以「劍」這個名目，「錢袋」便把一切生活所必需的東西全都囊括進去。因此，這位上帝的解釋者便用長矛、石弓、投石器和弩炮把使徒們裝備起來，帶領他們出發去宣揚那個被釘死在十字架上的人的教義。他還讓他們帶著一大堆櫃子、旅行

141 〈路加福音〉22:35–36。

箱和包裹，看上去似乎經常要空著肚子離開旅店上路似的。儘管基督曾一度吩咐使徒應買把劍，可是不久之後他便明確無誤地吩咐使徒收劍入鞘，上面所說這個事實，並沒有使我們的神學家感到不安。同樣的，誰也沒有聽說過，使徒們曾用劍和盾去抗擊異教徒的進攻，要是基督想要做的真如我們這個神學家所解釋的那樣，那麼，使徒們一定會照此去做的。

還有另一個神學家，出於尊敬之意，我不說出他的名字。他的名氣很大，可是他把哈巴谷所說的有關帳篷的話（「米甸的幔子戰兢」）當成是指巴多羅買被活生生剝下來的皮[142]。最近我像往常一樣，出席一次神學辯論會。會上有人問道：聖經哪裡載明對待異教徒要用火刑將其燒死而不是駁斥其論點？於是，一個嚴厲的老者威風凜凜，一看就知是個神學家，怒氣沖沖地回答著說：使徒保羅在下面這句話裡面定下這條規定：「分門結黨的人，警誡過一兩次，就要棄絕（devita）他。」[143]接著，他又反反覆覆地大聲念著這句引語，弄得出席的人大多感到驚異，以為這個人出了什麼毛病。最後，老者解釋說：異教徒的生命應予除掉（de vita）。與會者有的笑起來，其他不少人卻認為這種編造出來的東西表達了神學理論的見解。可是，有幾個人不同意這種看法，這時，我們那位大家稱之為「忒涅多斯的律法闡述者」[144]，也即那位不能反駁的權威繼續說下去：「注意！書上寫道：做惡事者皆不得讓其生存。一切異端者都是做惡事的人，所以……」所有的聽眾都對這個人的推理能力感到萬分驚異，一下子全都轉到他的想法上來。誰也沒有想到，這條律法只適用於巫術師、占卜師和魔法師，希伯來人用他們自己的話稱這些人為做惡事者（mekaschephim），若我們採用這位神學家對這個詞的解釋，那麼死刑也會被應用到淫亂者和醉漢身上。

142 哈巴谷（Habakkuk），基督教《聖經》故事人物，公元前七世紀希伯來的先知。引文「米甸的幔子戰兢」出自〈哈巴谷書〉3:7。米甸（Midian），〈創世紀〉所載亞伯拉罕與其妻基士拉所生眾子之一。巴多羅買（Bartholomew），耶穌十二使徒之一。

143 〈提多書〉3:10。

144 伊拉斯姆斯《格言集》中曾對來自忒涅多斯的人進行過討論。

65

但我要是繼續把這類事例談下去就太愚蠢了。須知此類事多得數也數不清，就連克律西波斯和狄迪莫斯[145]的卷軸也收不盡。我只想提醒你授予那些神聖學者特許權，這麼一來，要是我的引文有不夠準確之處，務請把我當成個「愚人神學家」同樣加以接納。現在，讓我們回過頭來看看保羅吧。保羅談及自己時說：「你們既是精明人，就能甘心忍耐愚妄人。」接著又說：「要把我當作愚妄人接納」，還說：「我說的話不是奉主命說的，乃是像愚妄人放膽自誇」[146]；在另一個地方他也說：「我們為基督的緣故算是愚拙的。」這是崇高權威對愚蠢的極高讚美。再者，他還公開提倡把愚蠢視為益處極大，不可或缺：「你們中間若有人在這世界自以為有智慧，倒不如變作愚拙，好成為有智慧的。」[147]據路加說，耶穌把去以馬忤斯[148]路上碰到的兩個門徒稱為愚人。我們對此難道有什麼值得驚異？須知聖保羅甚至認為上帝也有愚拙之處。他說：「神的愚拙總比人智慧。」奧利金因此在他的評論中提出了反對意見，認為我們不能憑著人所持有的見解來解釋這種愚拙，像在下面這個句子所述：「因為十字架的道理，在那滅亡的人為愚拙。」[149]可是，我無須為拿出證據來證明自己的論點操心，須知基督在神聖的〈詩篇〉中已公開對聖父說：「我的愚昧，你原知道。」[150]愚人總是讓神感到高興，這也顯得意味深長，我想，個中自有道理。君王們對那些過分聰明的人總是用懷著敵意和猜疑的眼光監視著，正如尤利烏斯・凱撒對待布魯圖斯和卡修斯那樣，不過他對醉鬼安東尼卻一點也不怕；也如尼祿[151]對待塞內卡，狄

145 狄迪莫斯（Didymus），創作時期約公元前八十年至十年，古希臘學者，語法學家，是古代和現代古典文獻研究工作中承先啓後的一位學者，著作達三千五百種之多。

146 〈哥林多後書〉11。

147 分別出自〈哥林多前書〉4:10、3:18。

148 以馬忤斯（Emmaus），〈路加福音〉第二十四章寫到：「門徒中有兩個人往一個村子去，這村子名叫以馬忤斯。」

149 「神的愚拙總比人智慧」引自〈哥林多前書〉1:25。奧利金（Origen, 185?–254? CE），古代基督教著名希臘教父之一，《聖經》學者，曾編定《六文本合參》，主要著作有《論基要教理》、《反駁克理索》等。「因為十字架的道理，在那滅亡的人為愚拙」出自〈哥林多前書〉1:18。

150 〈詩篇〉69:5。

151 尼祿（Nero, 37–68 CE），羅馬皇帝，即位初期施行仁政，後轉向殘暴統治，處死其母及妻，因帝國各地發生叛亂，逃離羅馬，途窮自殺，一說被處死。

奧尼西奧斯對待柏拉圖，不過他們兩人都喜歡那些智能遲鈍、頭腦簡單的人。同樣的，基督總是厭惡並譴責那些自以為才智超凡的「自作聰明者」；正如保羅用明確無誤的話作證說：「神卻揀選了世上愚拙的」，還有：「神就樂意用人所當作愚拙的道理，拯救那些信的人」，因為這是無法靠智慧得到救贖的。上帝還借用先知之口，明確無誤地宣稱：「我要滅絕智慧人的智慧，廢棄聰明人的聰明。」[152]基督也是這樣，他做感恩禱告，因為靈魂得救的奧義對賢人祕而不宣，但卻啓示給小孩，也即愚人。（希臘語小孩一詞是「νηπίοις」，意為愚蠢，其反義詞為「σοφοῖς」，意即聰明。）福音書裡面有一些與此相關的章節，記載著基督抨擊法利賽人[153]、文士和律法博士，但對無知的廣大民眾卻給予應有盡有的保護。「你們律法師和法利賽人有禍了！」[154]這句話若不是意為「賢人呀，你們有禍了」，還能有別的什麼意義呢？不過基督似乎格外喜歡小孩、婦女和漁夫，而令基督最感愉快的野獸，是那些距離聰明和狡猾有千里之遙的牲畜。因此，雖然只要他願意，便可安然坐到獅子的背上，他還是寧願騎驢。聖靈藉著鴿子的形象下降[155]，而不是藉著鷹或隼的形象，整部聖經裡面經常談到的是小鹿、小騾和羔羊。再者，基督稱那些注定要得到永生的人為他的羊，須知世上的牲畜沒有像羊這麼愚蠢的——這可從亞里斯多德的格言：「綿羊般的性格」中得到證明，這種性格來自該牲畜的頭腦笨拙，所以通常用來譏笑那些頭腦遲鈍笨拙的人。可是，基督卻宣稱自己是這群羊的牧人，甚至喜歡自稱為羔羊，例如約翰見到基督來時便說：「看哪，神的羔羊。」[156]〈啓示錄〉裡面常見到類此的措辭。

所有這些指的肯定都是一回事：就是說，所有的人，甚至虔誠者，都是愚人。基督儘管是上帝智慧的體現，也讓自己顯得有點像個愚人，目的是要對人的愚蠢助以一臂之力，所以他呈現出人的本性，看上去具有人的形式；正如他讓自己成為罪人，才得以為眾罪人贖罪那樣。基督也不希望眾罪人用其他方法贖罪，他希望用的只是十字架這種愚拙之舉，並通過他那些愚昧無知的使徒來贖罪，他

152 分別出自〈哥林多前書〉1:27、1:21、1:19。
153 法利賽人（Pharisee），公元前二世紀至公元一世紀猶太教的一派，標榜墨守傳統禮儀。
154 〈馬太福音〉23:13。
155 〈馬太福音〉3:16。
156 「基督卻宣稱自己是這群羊的牧人」典出〈約翰福音〉10:1–2。「看哪！上帝的羔羊」引自〈約翰福音〉1:29。

曾不斷向他們宣講愚拙。他教導他們要置智慧於不顧，並以幼兒、百合花、芥子和低微的麻雀為例，提出呼籲，因為所有這些全都是愚蠢無知的東西，它們只靠天生的本能過活，不知處心積慮為何物。接著，他不讓門徒去絞腦汁思考該怎樣回答長官們的指控，還要他們不要去詢問時間與季節[157]，原因是他希望眾門徒不要靠自己的聰明才智，而要完全依靠基督。這也說明為什麼創造世界的上帝禁止人去吃智慧樹的果實，彷彿智慧會毒害幸福似的。因此保羅公開譴責知識[158]，說知識產生自高自大，造成損害。我相信，聖伯爾納多在把撒旦所住的那座山解釋為知識之山時，心中想到的就是保羅。

或許我也不應忽略下述論點：愚蠢為性在天上受到青睞，因為只有愚蠢的過失才會得到寬恕，反之，賢人是得不到原諒的。因此，當人們幹出了明知故犯的過失而祈求寬恕時，他們總是說自己做了蠢事，以此做為藉口和辯護。要是我沒有記錯，亞倫在〈民數記〉中請求不要懲罰他的姐妹時說：「我主啊，求你不要因我們愚昧犯罪，便將這罪加在我們身上。」[159]掃羅也用同樣的話祈求大衛寬恕他的過失：「我是糊塗人，大大錯了。」[160]於是，大衛自己也想要安慰上帝，便說：「耶和華啊，求你除掉僕人的罪孽，因我所行的甚是愚昧。」[161]似乎他只有以愚昧無知為藉口，才能得到寬恕似的。還有一個更有說服力的論證：當十字架上的基督為其仇敵祈禱時說：「父啊！赦免他們。」——這時基督除了說他們是由於無知，別無其他辯解的理由：「因為他們所做的，他們不曉得。」[162]保羅給提摩太的信也用同樣的語調說：「然而我還蒙了憐憫，因我是不信不明白的時候而做的。」[163]所謂不明白時做出來，除了指愚蠢地做出來，別無惡意，還能指別的什麼呢？當保羅談及承蒙上帝的憐憫時，他的意思顯然是說：要是他不以愚蠢為理由進行辯護，他就得不到憐憫。我忘記引用〈詩篇〉作者的話，他也為我們

157 〈馬太福音〉10:19。〈使徒行傳〉1:7。
158 〈哥林多前書〉8:1。
159 〈民數記〉12:11。
160 〈撒母耳記上〉26:21。
161 〈撒母耳記下〉24:10。
162 〈路加福音〉23:34。
163 〈提摩太前書〉1:13。

大家作證說：「求你不要記念我幼年的罪愆和我的過犯。」[164]這一來你一定會注意到，他提出了兩個理由，一個是「幼年」，幼年是永遠與我為伴的；另一個是「過犯」，「過犯」一詞以複數形式出現，這使我們得以認識到愚昧有多大的力量。

66

一言以蔽之（否則我是在滔滔不絕地作不著邊際之談），基督教與愚昧有著某種血緣關係，但與聰明卻毫不沾邊。如果你需要證據，那麼，首先請你看一下這麼個事實，即：正好是年輕人和老人，婦女和傻瓜最喜歡神聖與聖潔的事物，因此，總是在天生本能的驅使下直奔祭壇。其次，你還可以見到，最早期這一宗教信仰的偉大奠基人全都熱愛單純樸素，而對知識學問深惡痛絕。最後，最大的愚人是那些全副身心信奉基督教的人。他們亂花自己的財產，置侮辱於不顧，聽憑欺騙，不分友敵，避開享樂，經受禁食、守夜、悲哀、辛勞、屈辱，淡泊輕生，所求的只是一死——總之，任何正常的感情在他們身上似乎已經蕩然無存，他們的精神似乎寄託在自己肉體之外。這除了瘋狂還能是別的什麼呢？因此，使徒們被認為是喝新酒過量而醉倒，非斯都則斷定保羅是癲狂[165]，我們對此也就沒有什麼可感到驚異了。

但我既然「披上了獅皮」[166]，就讓我告訴你另一件事——基督徒歷盡千辛萬苦、努力以求的幸福，無非就是一種瘋狂加愚蠢。別讓這詞語把你弄得心煩意亂，你該細加思量的是真情實況。首先，基督徒與柏拉圖主義者幾乎一致認為，精神總是受到肉體的牽制和束縛，肉體由於受到種種粗野、庸俗的事物干擾，妨礙精神對事物如實地進行深入的思考，並享受其樂趣。其次，柏拉圖給哲學下定義時，認為它就是為死亡做準備，因為哲學把心靈從肉眼可見的實體上引開，一

164 《詩篇》25:7，原文為：「Delicta iuventutis meae, et ignorantias meas ne memineris」。

165 「使徒們喝新酒過量而醉倒」典出《使徒行傳》2:13。「非斯都斷定保羅是癲狂」出自《使徒行傳》26:24。

166 「披上了獅皮」意為「承擔巨大任務」，在伊拉斯姆斯的《格言集》中討論過。

如死亡到來時那樣。只要心靈還正常地使用著身體的各個器官，那麼心靈便被稱為正常健康，可是一旦心靈衝破軀體的束縛，希圖贏得自由，彷彿在圖謀越獄而逃那樣，人們便將此情此景稱之為瘋狂愚蠢。要是這種情況是由於疾病或某種生理缺陷造成的，一般人都會認為這正是瘋狂愚蠢。即使如此，我們時常見到這類人在預言未來，顯出他們懂得以前未曾學習過的各種語言和文獻，並明確無誤地顯現出某種神聖的東西。這種情況之所以發生，毫無疑問是因為心靈正在開始解脫肉體所造成的汙垢，並實現其真正的天賦機能。我認為這也說明為什麼那些臨終時在掙扎的人，總是體驗到某種類似的東西，說出一些彷彿受到神靈啓示的奇異話語。再者，若這種事是產生於信奉宗教的熱情，那麼，它與上述的瘋狂愚蠢可能並不完全一樣，但極相似，所以大多數人都難加區別，尤其是因為那些地位卑微、整個生活方式與大伙兒不同的人，為數極少。

這一來，出現在我們面前的情況，我覺得與柏拉圖神話故事[167]中所談的並無不同之處——故事裡面那些被拘禁在洞穴裡的人，對一個個影子不勝驚奇，而那個逃跑出去隨後又回到洞穴裡來的人卻告訴他們：他曾見到真實的事物，所以他們認為世上除了他們一個個可憐的影子外別無他物是大錯特錯了。這個了解情況的人覺得他的同伴很可憐，而對造成他們產生這種錯覺的愚昧無知深感惋惜；可是同伴們接著嘲笑起他來，把他當成個瘋子，把他趕了出去。同樣的，一般老百姓所羨慕的也只是與肉體有關的事物，並相信只有這類東西才存在著，反之，虔誠的人輕視一切與肉體有關的事物，並整個心神為之振奮地沉思著肉眼見不到的事物。凡夫俗子把財富擺在首位，把肉體的舒適放在次位，而置靈魂於末位——無論如何，大多數人相信靈魂並不存在，因為這是眼所不見的。對比起來，虔誠的人卻傾全力去接近絕對純潔的神，接著，是去接近與神最貼近的東西，也即靈魂。他們對肉體置之漠然，輕視財富，棄之如糞土，如果迫不得已非得和這類事打交道不可，他們做起來心不甘情不願，厭惡之情全形於色，所以雖有猶無，雖得猶失[168]。

再者，在這些事物當中，每一個都有相當大的程度差別。首先，儘管所有的

167 柏拉圖《理想國》第七卷。

168 〈哥林多前書〉7:29–30。

感官都與肉體有聯繫，但其中有的更加緊密地與肉體相關，例如觸覺、聽覺、視覺、嗅覺和味覺，而其他各種官能卻遠一些，例如記憶、智力和意志。心靈的力量有賴於其意向，虔誠心靈的全部力量都趨向與肉體感官相去最遠的事物，從而使這些感官變得遲鈍，失去感覺。庸夫俗子當然會做出與此相反的事，對肉體感官的機能大加發展，可是對更屬心靈方面的機能卻少有發揚。因此我們聽到過發生在幾個聖徒身上的事，他們喝的是油，卻誤以為是酒。讓我們再舉心靈所鍾愛之事為例。有的人更加頻繁地和肉體上的俗事打交道，例如性欲、食欲、睡欲、憤怒、驕傲和妒忌。虔誠的人總是不斷與此類事進行抗爭，可是芸芸眾生卻認為這是生活中不可或缺的事。還有一些我們可稱之為中間感情、對一切人屬於半自然的東西，例如愛祖國、愛子女、愛父母、愛朋友。老百姓對此都極重視，可是虔誠信奉宗教的人卻力圖把這類愛心徹底從自己心靈中消除掉，或是至少也得讓它們昇華到靈魂的最高境界。他們希望，他們之所以愛其父，並非因為他是個父親，須知父親除了生下個肉體之軀外，什麼也沒有生下來，何況肉體之軀也來自上帝聖父；他們之所以愛自己的父親，是因為他是一家之長，在他身上反映出最高智慧的形象，而且只有這一點他們稱之為「至善」，除此之外，他們聲稱別無其他東西可愛或值得追求。這也是他們所遵循，據以規範其餘一切人生義務的準則。這一來，一切目所能見的東西，即使它並不是全都應受到蔑視，但比起目所不能見的事物來，價值仍然要低得多。

虔誠的人還說，甚至在聖禮與實際宗教儀式裡面，都包含有肉體與精神兩個方面。以禁食為例，要是禁食的實質不是老百姓看來的不吃肉和少食一餐，那他們就不必把禁食當一回事了。在禁食的同時，還必須壓制情欲，比往常少發怒，少耍傲氣，這一來可使精神少背負肉體方面的重擔，得以享受上天賜福。有關聖餐的情況也復如此：他們說，舉行這種儀式不應遭到拒絕，不過，要是這種儀式缺乏目所能見的那類符號所應代表的精神要素，那麼，它就毫不管用，還可能確實有害。聖餐表示的是基督之死，對此，人們必須通過控制並消除自己肉體上的情欲來加以表達，看上去似乎是把這些情欲埋葬掉，目的是復蘇新的生命，這一來，他們便可和基督互相結合在一起。這就是虔誠的人之所為，同時也是他的目的所在。反之，凡夫俗子卻認為，彌撒無非就是盡量擠近祭壇，聽見講聖經的聲音，詳細入微地觀看到舉行儀式的細節。我舉出這一點只是做為個例子，實際上虔誠的人在他的一生中對舉凡與肉體有關的事都退避三舍，而對永恆、不可見的神聖事物則全神貫注，趨之近之。因此，這兩類人對一切事物的看法全然不同，兩方都視另一方為愚蠢瘋狂；儘管在我看來，愚蠢瘋狂這個稱號更適合於虔誠的人，而不是適合於凡夫俗子。

67

我希望我做到了答應要做的事，讓這一點十分簡單明瞭——我要指出人的最高報酬只不過是某種愚蠢瘋狂。首先，請你們想一想，柏拉圖是如何發揮想像力論述此類事的。他寫道：情侶的瘋狂愚蠢，是幸福的最高形式[169]。因為任何一個強烈地墜入情網的人，不是生活在自我之中，而是生活在他所愛的對象裡面，他越是能做到把自己更深入地移入愛中，就越幸福。現在，當靈魂打算離開肉體，不再以正常的方式利用肉體器官時，毫無疑問，人們完全有理由認為靈魂變得瘋狂愚蠢了。俗話說：「他神志失常了」，「蘇醒過來」，和「他又神志正常」，說的肯定都是這回事。再者，愛越是盡善盡美，瘋狂愚蠢也越厲害——從而也更加幸福。那麼，所有虔誠者的心所熱切傾注的天上生活又是什麼呢？精神將成為強者，將征服並同化肉體，精神做起這件事來會顯得更加輕而易舉，原因是在有生之年已先使肉體淨化，變得虛弱無力，為這種轉變做好準備。接著，精神本身也將被至高心靈所同化，因為至高心靈比起它那紛繁的各部分來更加強大有力。因此，當整個人超越出其自我，並只因為他超越自我而感到其樂融融時，他將分享到的是一分難以言喻的、要把一切全吸引進去的至善。儘管只有當靈魂恢復其原先的肉體，並被賦予永生不朽之時才能體驗到這種完美的幸福，但由於虔誠者的生活只不過是來世生活的默禱和預示，所以他們有時能品嘗到行將到來的報償的芳香美味。但這與取之不盡、永恆的幸福之泉比較起來，只不過是小小的一滴

169 柏拉圖，《斐德羅篇》。

而已。然而，這一滴遠勝過肉體上的一切歡樂，甚至把世間一切快樂合在一起也是如此，所以說精神勝過肉體，不可見的勝過可見。這的確也正是先知所斷言的：「神為愛他的人所預備的是眼睛未曾看見，耳朵未曾聽見，人心也未曾想到的。」[170]這正是「愚蠢」所扮演的角色，不因生活起變化而告消逝，反而更趨於完美。

所以那些被賦予這種預感的人（有此好運的人為數極少）體驗到的是一種頗似瘋狂的東西。他們說起話來前言不搭後語，怪裡怪氣，他們粗聲粗氣，言之無物，臉上的表情會突然發生變化。他們一下子興奮激動，一下子又垂頭喪氣。他們時而哭泣，時而歡笑、嘆氣。實際上確是感情失去控制。接著，當他們的神志恢復過來時，會說自己不知道身處何地，是處於肉體之內還是肉體之外，是清醒還是入睡。他們無法記起自己聽到過、見到過或說過、做過的事，記得的只是自己如在霧中，彷彿做了一場夢。他們只知道，這樣神志不清之時最感幸福。他們悲嘆自己又神志清醒過來，因為他們傾全力以求的無非就是永遠過著此種狂人的生活。這只是未來幸福的丁點兒滋味。

68

但我久已忘記自己是誰，說了這些「言過其實」的話。要是我說過的話顯得有點輕率放肆，像是在信口開河，務請記住：說話的是個「愚蠢」之神兼女性。同時，還請你別忘記希臘的這句諺語：「愚人常說出及時的忠言。」當然，你可能認為這句話對婦女不適用。我明白，你們全都在等著我說出句結束語，可是，在我東拉西扯，滔滔不絕地說了這一大堆雜七雜八的東西之後，以為我還記得說過些什麼，那真是太愚蠢了。有句老諺語說：「我討厭記性太好的酒伴。」我想在這裡加上一句新的：「我討厭記性好的聽眾。」

好吧，我要說聲再見了。各位研究「愚蠢」的傑出行家，鼓掌吧，祝大家生活美滿！

170 〈哥林多前書〉，2:9。

愚人能說真話，甚至打開天窗說亮話，
挖苦罵人，可是聽者卻感到津津有味，樂從中來。
的確，說出這些話會使賢人丟掉性命，
可是由小丑說出來時卻出人意料地趣味橫生，令人為之傾倒。
因為真理具有一種真正使人愉快的力量，
只要設法說得不傷人便行，
不過眾神只把這種本領授予愚人。

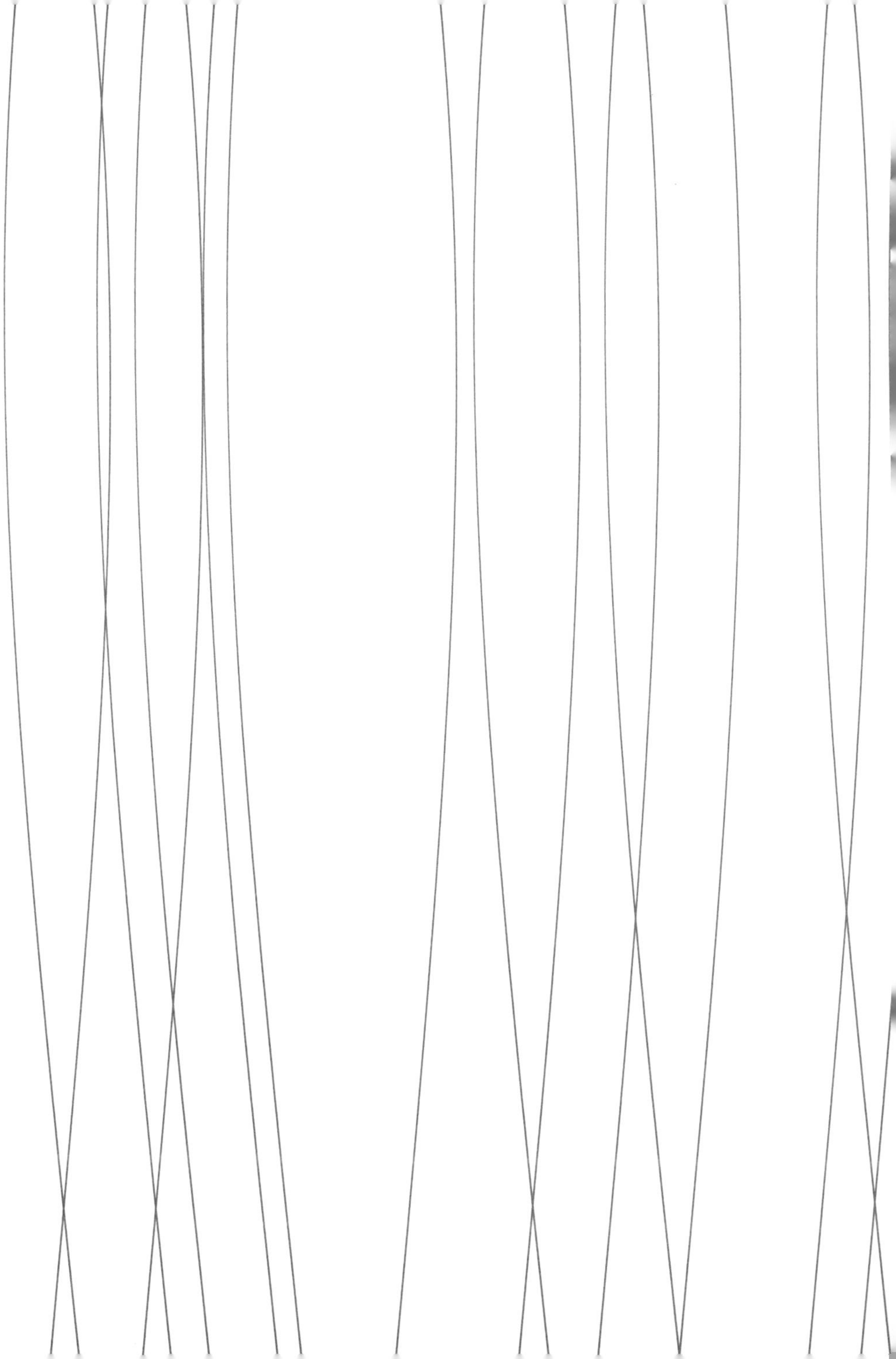

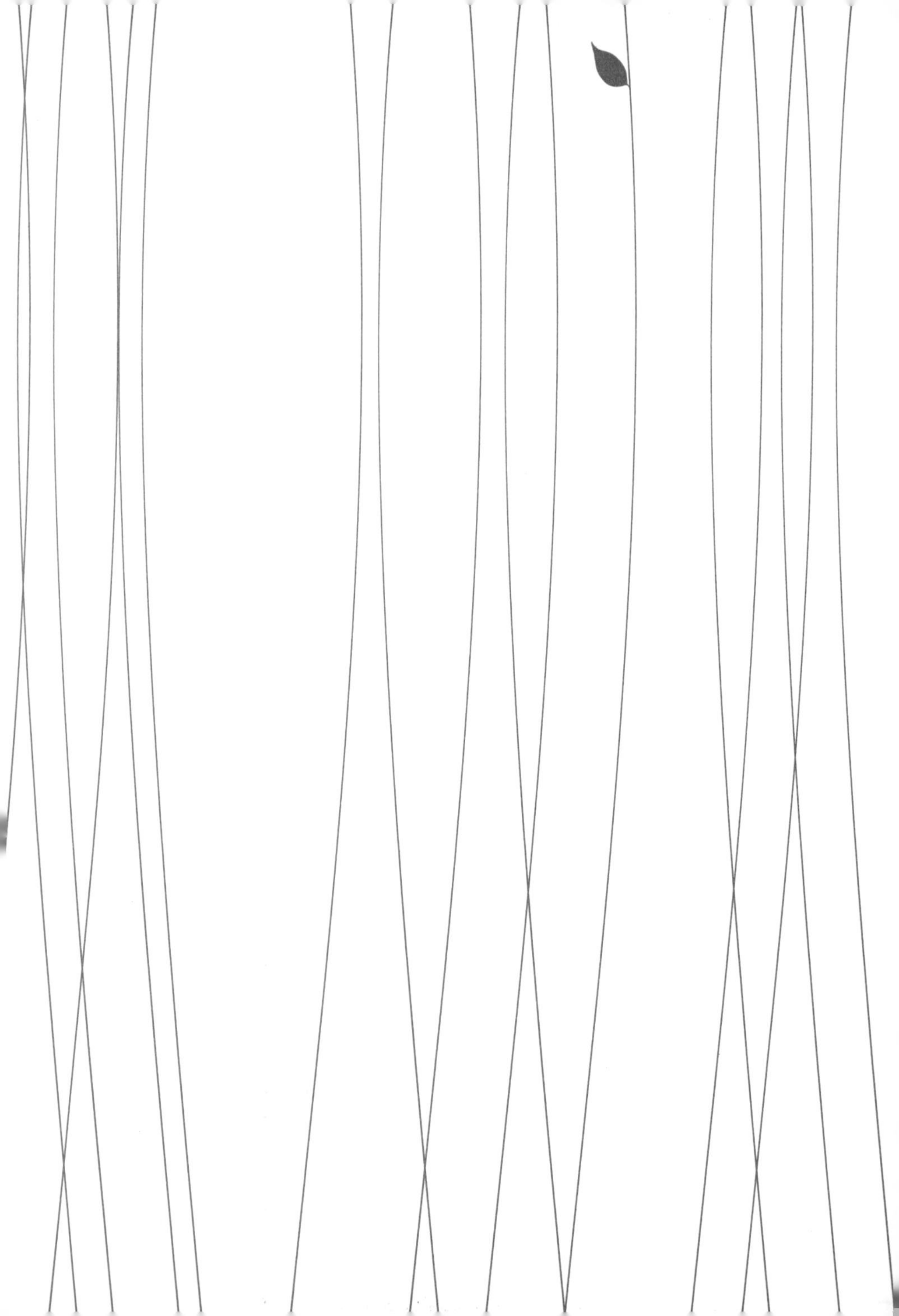